DYNAMI
Power Up

克瑞丝塔王国

七灯

Noletta Chiu
赵小凤 著　和铃 译

人民文学出版社
PEOPLE'S LITERATURE PUBLISHING HOUSE

著作权合同登记号　图字 01-2022-5010

图书在版编目（C I P）数据

克瑞丝塔王国：七灯 / 赵小凤著；和铃译 . -- 北京：人民文学出版社，2023
ISBN 978-7-02-017942-8

Ⅰ . ①克… Ⅱ . ①赵… ②和… Ⅲ . ①长篇小说－中国－当代 Ⅳ . ① I247.5

中国国家版本馆 CIP 数据核字 (2023) 第 062536 号

责任编辑　朱卫净　张晓清
装帧设计　李苗苗

出版发行　人民文学出版社
社　　址　北京市朝内大街 166 号
邮政编码　100705

印　　刷　杭州钱江彩色印务有限公司
经　　销　全国新华书店等

字　　数　158 千字
开　　本　890 毫米 ×1240 毫米　1/32
印　　张　7.25
版　　次　2023 年 6 月北京第 1 版
印　　次　2023 年 6 月第 1 次印刷

书　　号　978-7-02-017942-8
定　　价　49.00 元

目　录

第一章　雅克的梦境

雅克，克瑞丝塔首领的儿子，在这个令人愉快的早晨从他的帐篷里走了出来，他穿着传统的白色束腰上衣以及牛奶色的短裤，脸上带着一副懂事的年轻人所有的严肃表情。每个人都为这一特殊时刻做好了准备，但雅克起得特别早，他对这个日子有自己的打算。

前一天晚上，一个神秘的多次造访的梦，扰乱了雅克的睡眠。在梦中，他漫步于一片遥远的土地上，周围都是奇特的生物。最令他不安的是，整个场景不像是一场梦，更像是一段古老的记忆，一段挥之不去让他无法安宁的记忆。这是一片他既无法完全想起又无法完全忘记的土地。他不是第一次在梦中见到这片土地或这些生物了。很多次，这样的梦境驱使他去探索克瑞丝塔之外的世界，但他没有从中得到任何信息，相反，他得到的是麻烦，很多麻烦。

雅克知道他和克瑞丝塔的其他居民不一样，水晶海洋是克瑞丝塔的天然边界，其他人都不在乎水晶海洋的另一边有什么，可雅克在乎。事实上他对这条绝对安全的边界线很不满意，正因为有了它，才会让他的家乡如此沉闷和孤立。

一年前，雅克和他的双胞胎妹妹坎达丝组成一个团队参加了一年一度的能量日大赛。由于他们能读取彼此的心思，让自己的力量变得更强大，所以这本来是一场很有希望获胜的比赛。虽然他们在很小的时候就能自然而然地做到互相读心，可是随着年龄的增长，雅克发现自己并不希望被妹妹洞悉所有的想法，所以有时他会向她关闭心灵。直至去年的能量日大赛，雅克拒绝再向坎达丝敞开心扉，这不仅导致他们输了比赛，还引发一场危险的事故。

虽然是双胞胎，但是雅克和坎达丝看上去并不相像。雅克高大、强壮、结实，有着明亮的蓝眼睛。坎达丝则有着清澈的紫罗兰色的眼睛，她娇小的身材使她看上去更精致，但其实她也拥有惊人的能量。他们都有很强的个性，但表现方式完全不一样，也许这就是他们经常吵架的原因。

“雅克，如果你听我的，我们早就赢了。”坎达丝在那次比赛结束时冷静地说道，穿着白色长袍和裤子的她，看上去像个仙女。

“我能闻到你的香味，但无法听到你的心声。”雅克说，他的蓝眼睛闪闪发亮。当坎达丝的力量到达顶峰的时候，她会散发出花的芳香，这种特殊的气息令她如此迷人。他朝她做了个鬼脸，撒腿就跑，他是个非常优秀的赛跑家，一旦开始冲刺，几乎没人能追上他。

“等等，雅克！”坎达丝叫道，朝她哥哥追去，她是唯一与他速度相当的人。

“别跑远，别惹麻烦！”当他们飞奔而过时，双胞胎的父亲科布朝他们喊道。

但雅克没理会父亲，继续奔跑，他们离家越来越远，进入水晶海洋沿岸高高的草丛。“如果你能抓到我，我就让你读心。”他说，仅仅是为了惹怒他的妹妹。

雅克的讥讽让坎达丝无法忍受，今天可是能量日，是所有克瑞丝塔居民更新能量的神圣日子。对双胞胎来说，这也是一个特殊的日子。在能量日，每个人都会收集尽可能多的能量种子，然后激活，一起大喊“德纳米”。近年来，克瑞丝塔人玩起一种游戏，他们两两结对，比赛哪一队收集的种子最多。获胜的队伍能率先登上能量树的顶端，激活种子，随后其他人才会排成丝带般长长的队伍，载歌载舞地到那里。坎达丝衷心希望，能和雅克赢得比赛，在那个光荣的仪式上带领众人。如果雅克不那么自私的话，他们本来可以赢的。

这棵雄伟的能量树挺立在克瑞丝塔的中心，它那长而有力的根牢牢地固定在岩石上。这棵闪亮的银树是整个克瑞丝塔王国在这个隐秘世界里的光能量之源。每年春天的第一个满月日，就是能量树释放种子的日子，无数柔软的、五彩缤纷的种子像蒲公英一般飘散在风中。坎达丝喜欢看大家收集这些种子，在翩翩起舞的时候，翅膀在身后展开。他们把种子放进腰间的小口袋，在之后一年的任何一天里，当克瑞丝塔人身心的能量需要获得提升的时候，就可以把它们取出来使用。而让坎达丝最喜欢的就是收集完种子后，克瑞丝塔人飞上树顶激活种子，让他们的种子从树那里获得能量，就像充电一样，这些种子在接下来的一年里就能维持它们的状态。

所以当坎达丝追着哥哥进入草丛，她多希望他能认识到，如果他们齐心协力，就能轻而易举赢得比赛，对哥哥的失望让她心烦意乱。突然她被一块凸起的石头绊了一下，她感到自己滑下一个泥泞的斜坡，四周一片漆黑，她一定是掉入某个洞里了。

当她停止滑落的时候，发现自己浑身是泥。“哎哟。”她叫着，揉着她的脚踝。当她着地的时候，脚在一截大树根上扭了一下，已经肿起来了，这样她就不能沿原路爬回去。她很害怕。

雅克边跑，边听见坎达丝的呼叫，扭头去看，却发现她消失了。他跑回她摔倒的地方，看见两块大石板插在树根和野草中，石板中间有一条近一米的裂缝。目睹这样一个神秘的地方，雅克的兴趣一下子被勾起来了，他毫不犹豫，紧跟妹妹之后一跃而下。

他落在坎达丝附近一块冰冷泥泞的地面上，长长的树根环绕着他们，在黑暗中他们几乎什么都看不见。那可不是节日之夜那种柔和的黑色，这里的黑暗充满了危险，双胞胎能感受到彼此的恐惧。他们意外进入一个禁忌地带，一个寒冷、神秘的地方。

“你感觉到了吗？”雅克问。

“你指的是周围这些暗能量吗？”坎达丝问，听上去十分生气。

“嗯。”雅克喃喃说道，看着这个沉闷的地方，他从没见过这么黑暗潮湿的地方。

“雅克，我们在哪里？这里好冷！我的脚扭了。”坎达丝试着用她扭到的脚站起来，却立刻摔回刚才坐着的地方，这让她更害怕了。

“我不知道，让我四处看看。”雅克说，从妹妹身边走开。这地方弥漫着恐惧，但他的好奇心越来越旺盛。“我先去看一下，我以前从不知道克瑞丝塔有这样一个地方！”雅克说，在盘绕的树根之间前进。

“别留下我一个人！”坎达丝说，但雅克的好奇让他顾不上别的，只想去探索。

坎达丝意识到危险，打算派一颗能量种子去向父亲求救，她拿出一颗圆圆的、粉色的、毛茸茸的种子，捏在手里。

她注意到种子正在变得虚弱。“去叫爸爸来救我们吧！”她低声说。

能量种子现在已经变成淡黄色了，它飞了起来，沿着来的路穿过通道，去找双胞胎的父母。坎达丝挪到一块圆石头上，坐着等她的哥哥。我讨厌被丢下，她想，几乎要哭出来了。

与此同时，雅克在长树根之间走着，一声叹息吸引了他的注意，他朝那个方向而去。拨开那些高高的野草，他发现一片奇形怪状的树林和一排古怪的石头，石头酷似扭曲变形的动物。无论是树林还是石头动物，都有点儿恐怖，像是人类。

叹息声一直引导着他，直到他站在一棵树前，树的样子酷似一个人，有手臂、腿，甚至有一张脸，只是上面都长着枝条和树叶。

因为很黑，雅克想要凑近看看这到底是什么东西。两颗能量种子从他的袋子里冲了出来，他注意到它们的颜色迅速变暗。能量种子发出的微弱光芒照亮了树的表面，雅克仔细一看，发现树里有一张人类女孩的脸，她的目光似乎说着：请救救我。他吓了一跳，意识到树中的女孩正在用她自己的暗能量吸取他的光能量。

雅克以前从没有经历过这种挑战，他试图反击，但抵挡不住暗能量的吸取，他想要救她，但他知道如果自己失去了能量，一定会陷入更大的危险。两种力量较量着，他感到自己越来越弱，突然，他晕倒了。

在他的意识里，他来到一个满是石头的地方，奇怪的野兽簇拥着他，它们都是些丑陋的生物，但并没有表现出不友好。他知道这个地方，他在梦里已经来过这里很多次了。他感觉这里有一个他拼命想要揭开的秘密，但同时又非常害怕。他开始挣扎，不确定自己到底是被困在梦境里，还是被困在那个一直萦绕在他梦中的可怕女人的怀抱里。

坎达丝的能量种子在接近克瑞丝塔首领科布的时候，发出响亮的嗡嗡声，它从举行能量日庆典的人群中急速穿过，引起很多人的注意。双胞胎的父亲立刻意识到出事了，他伸手抓住了坎达丝的种子，为它的褪色感到震惊，只有暗能量才能让种子这样。

“雅克和坎达丝在哪里？”当他盯着褪色的种子看时，他的妻子艾凑过来问道。科布是一个又高又强壮的男人，但艾甚至比他更高，不过她很苗条，并且姿态优雅。

“不对劲。恐怕他们进入某个禁忌地带了。”科布说。他的肩部一阵悸动，这让他想起很久以前遭遇暗能量的情景。艾的脸色变得苍白，但他们都没让庆祝人群察觉到他们的不安。

“冷静，会没事的。”科布冷静地说，试着控制他那些不好的想法。“别担心，不会出什么事。”他微微提高一点儿声音，“我们只需要去把孩子找回来。”

“他们都好吗？”人群中有人问。

“当然，在克瑞丝塔没什么能伤害他们。我们等会儿在典礼上见。”科布说。

“我们先去拿斗篷。”艾提醒他，他们跑到帐篷里，科布找到了他的棕色斗篷，已经很久没用过这件斗篷了，它承载了所有他在野兽世界里的记忆。他拿起它，叹了口气说：“我希望永远都不要再披上它。”

艾握着他的手说："我们去把孩子带回来，振作点儿。"

然后，跟着坎达丝的种子，夫妇俩匆匆忙忙朝地下大门而去，正如他们所担心的，石头大门被打开了一条缝。

"他们是怎么发现这个地方的？但愿他们永远都不要走到下面去。"科布说。

"是的，这道门已经被关闭这么长时间了，"艾说，"为什么会发生这种事？"

"一定是雅克。"科布说着，脸都气红了，"他总是想知道水晶海洋之外是什么，但他根本不知道那边的世界有多可怕。我担心会有暗能量从这里泄漏出来，"他深呼吸了一下，"他们是我们的孩子，我们必须去救。"

夫妇两人的动作很快，一瞬间就从通道滑了下去，滑向那个他们再也不想见到的地方。他们来到泥地，站在树根之间，努力让眼睛适应昏暗的光线。

"召唤光的力量！德纳米！"科布高呼，他们的能量种子立刻聚集，他拉着妻子的手，叫着孩子们的名字，几颗能量种子发出光来，在他们前面起舞，照亮道路。

"我能闻到坎达丝的香味，她一定在那里，"艾指着一边说，"这地方全是暗能量。"

一阵不好的感觉涌上科布的心头，他肩上的伤疤又痛了。他仔细地查看四周，循着香味搜寻坎达丝。

坎达丝仍然坐在她摔下来的地方，叫道："我在这里！"

艾很快找到了女儿，紧紧抱住她，吻着她的脸说："宝贝！你没事吧？"

“我没事。就是扭了脚。雅克朝那边去了，但他一直没有回来。”

“我不懂你们为什么会到下面来？”科布的声音听上去既担心又生气。

“这是一个意外，”坎达丝解释道，“我掉下来，雅克来找我，但现在他去探险了。”

“你和坎达丝待在这里，”科布对妻子说，“我去找雅克。”

“小心点儿，带着斗篷。”艾叮嘱道，她搂着在潮湿的冷风里瑟瑟发抖的女儿，给她温暖。

披上斗篷，跟着能量种子发出的亮光，科布没花多少时间就找到了雅克，他就倒在树林边上。

“终于找到你了。”科布说着看看四周，小心翼翼地避免自己的能量被那些似乎潜伏在他们周围的暗生物吸走。他迅速抱起儿子，检查他的呼吸，此时男孩脸色苍白、身体冰冷。科布脱下斗篷，把雅克包裹起来，让他的身体重新充满光能量。接着，他把儿子带回艾和坎达丝等着的地方。

“哦，不……他好吗？”艾跑到丈夫跟前，把手放在儿子的额头。雅克似乎睡着了。

“为什么他的脸看上去这么苍白，爸爸？”坎达丝问。

“他应该没事。我们必须让他俩保持体温，立刻带他们离开这里，”科布对艾说，“走吧。”

然后，科布做了一件坎达丝以前从未见过的事，他将翅膀完全展开，散发出一股强大的力量，光芒四射。他的能量种子也都闪耀着惊人的光辉。他用棕色斗篷裹住雅克和坎达丝，用强有力的翅膀把他们两个举到自己的背上。

“妈妈，我从不知道爸爸的翅膀这么大。”坎达丝惊讶地小声说。

“等雅克醒了，别告诉他，好吗，宝贝？”艾叮嘱道，这时科布很快飞出了通道，飞向天空，带他们平安离开。

“我的翅膀什么时候能长大？”安全返家后，坎达丝问妈妈。像其他孩子一样，她的背上只有一双小翅膀，其力量只够让她飞到能量树的树顶。她渴望有朝一日它们会长大，她就能像大人一样飞翔。

“等你能量充满的时候，你的翅膀就会长大，亲爱的。你的翅膀不仅仅随着你的身体，也会随着你的意志和心灵一起成长，你需要用智慧和爱合理地使用它们。”

“我不太懂你所说的‘能量充满’，妈妈。”

艾用手臂搂着坎达丝，紧紧拥抱了她：“总有一天你会经历一切，现在别为这个担心了。”

她母亲的回答不如坎达丝期待的那样清楚，但此时，她的注意力被她的父亲吸引了，他正揉着他的左肩，好像很疼的样子。

“爸爸，你左边的翅膀受伤了吗？”她问。

“有一些旧伤。”科布平静地回答。他用斗篷把雅克裹得更紧一点，把手放在儿子的头上，一声不吭地把自己的一些能量转移到睡着的雅克的身体里去，雅克的脸色渐渐恢复了，他睁开了眼睛。

“雅克，”当雅克坐起来，打量四周，看自己在哪里时，科布用警告的口吻说，“那是一个被禁止的地方，不许再去那里。”

“抱歉，爸爸。”雅克难为情地说。但他对刚才看到的东西的好奇心胜过了此时的尴尬，他问：“下面那些奇怪的石头生物是什么？为什么我的力量会被一棵树吸走，好像有一个人困在了树里面，到底是怎么回事？”

“雅克，请听你爸爸的话，”他母亲说，把手按在他的肩膀上，让他平静下来，“你需要休息。”

“爸爸，这件斗篷又粗糙又奇怪，我从没见过，好像是用一些动物的皮制成的，是用什么做的？”雅克问，但他的父亲一言不发，面对儿子的问题，尤其是关于斗篷的问题，科布的脸色渐渐凝重起来。雅克的母亲丢给他一个告诫的眼色，终于使雅克闭上了嘴，至少眼下闭上了嘴。

这家人再也没有聊过这个话题，对雅克来说也不赖，这说明他的父母不再为这事唠叨他了，这样就给了他足够的时间去偷偷寻找那条前往黑暗领域的道路。他想了解更多关于石头生物和不寻常的树的事，他无法解释为什么他渴望知道这些，似乎它们对他很重要。

当他在洞里失去意识的时候，他的脑海里又出现了那些做过的梦，那古怪的梦好像在他的记忆里扎了根。从他很小的时候起，那些梦就不断出现，他总是看见同一个女人把他带到同一个全是石头的地方，周围也都是同样的稀奇古怪的野兽。他觉得在禁忌之处见到的石头和他的梦境有关，除非他能找到它们和他的潜意识之间的联系，否则他无法得到平静。

整整一年，雅克再也没能找到地上的那条裂缝，他的父亲用更多的树遮盖了那个入口。这让雅克很生气，但他坚持不懈，直到能量日重新来临。他猜是能量种子在能量日那天的高度活跃打开了通往禁忌之地的入口，所以他希望这会成为他的幸运日。

没跟任何人说一个字，雅克离开了狂欢的人群，朝着一年前事故发生的地方而去，他发现那儿的树更茂盛了，他差一点儿就错过了入口，突然，他感到一阵冷风吹过，好像是从下面吹上来的。

“我记得这种冷的感觉。”雅克自言自语，内心激动万分。他在树林中穿行，再次寻找入口，果然，风来自前面地面上的一条裂缝，拨开那些高高的野草，他看见两块石板，中间打开着一条足够让他轻松滑入的缝隙。

“啊！我找到了。”他兴奋地叫了起来，在石板之间蹲下身子，从斜坡滑下。“我来啦！”他有点儿害怕，但最终兴奋压过了恐惧。

他滑过斜坡，风越来越冷，他披着父亲的斗篷，这是他悄悄从父母的房间里拿出来的，他还记得上次他在这个地方的时候有多冷。他自己没什么温暖的衣服，因为克瑞丝塔的气候总是那么怡人，既不下雨也不下雪，除了雅克的父母，没人有厚衣服。

很快，雅克就到了那个不规则地排列着奇怪石头的地方，一些石头比另一些更高，它们都有着独特的形状。“这些是什么？”他感到奇怪，还是觉得它们像动物，“这次我一定要找到真相，无论要花多长时间。”

他拿出一颗能量种子，注意到他带来的所有种子似乎都在变弱，就像上次一样。它们不再围绕着他翩翩起舞，而是躲闪着，藏在斗篷的褶皱里。雅克回忆起上次他到这里的时候是如何晕倒的，他边走边集中精神，凝聚所有的能量，让种子活跃起来。他慢慢从石头中间走过，在盘绕错杂的树根中找着他的路，他发现一块石头看上去像老虎，另一块的形状像一头鹿。

接着，他又站在去年见过的那棵像人一样的树前。“你在这儿啊！你看上去和其他树都不一样，你还记得我吗？你的脸变了，现在更暗了一点儿。”雅克绕着这棵树走，“你上次对我做了什么？你会动吗？”自从发生上次的事以后，雅克不太敢去碰这棵树了。

“你需要能量，是吗？”他问树，它开始微微摇晃。

雅克笑了一笑，“让我试试给你能量。”他说着，举起右手朝着天空，召唤他的能量种子，但它们把自己更深地藏在斗篷之中。雅克再次集中精神，聚集他所有的意志。他能召唤能量种子，并引导它们变得更强大，这是雅克第一次在无人帮助的情况下自己激活能量，但他已经能汇聚所有的能量种子，使它们形成一个快速流动的水晶光束。

一瞬间，雅克看见树的脸变成了一个女孩的脸，他凝视着她的眼睛，能感受到她的痛苦。他情不自禁地伸手摸了摸她的脸。

“你真冷。”他轻声说，刹那间他失去了注意力。雅克的光能量和树姑娘的暗能量撞在了一起，产生了巨大的爆炸。夹在给予的欲望和退却的需求之间，雅克的能量种子爆发性极强，将雅克抛入空中。整个克瑞丝塔都因这次爆炸而战栗，雅克砰的一声摔在了地上，脱离了那个隐蔽的世界。

“哦，不！我做错了什么？”他艰难地找着他的能量种子，把它们召唤到身边来。这时，有一只手从他的身后掠过，把他吓坏了。

“嗨，这爆炸是怎么回事？”坎达丝问，扶他站了起来，雅克转身看见他小仙女般的妹妹站在身后，心里立刻感到轻松，但不想被她看出来。

“你为什么跟着我？”他恼怒地问，“会很危险的。”

“我来帮忙的，”坎达丝自豪地说，“你是不是迷路了？让我来领你回去。这是父亲的斗篷吗？我一定要跟他说说这事。”

雅克瞪了一眼妹妹，但这个威胁完全被无视了，他不断地东张西望，想再回去，“入口去哪里了？她还好吗？”雅克喃喃自语。

坎达丝知道他们没时间了，“我们必须走了，否则就要赶不上比赛了，就快开始了。”她说。如果雅克错过了，他们一定会有麻烦的，所以她不得不迅速带他回去。

“跟着我，”坎达丝对雅克说，“你需要更多的能量种子，我们要走了，快迟到了。”

雅克最讨厌被人指挥，但此时别无他法，他必须离开。坎达丝拿着斗篷铺在草地上，拉着哥哥站在斗篷上，举起左手启动斗篷下的能量种子。双胞胎背上的小翅膀飞快地扑打起来，他们几乎从斗篷上掉下来，虽然他们还不够强壮，不能自如飞行，但在斗篷和能量种子的帮助下，他们还是向家飞去了。

“你是怎么做到的？”当他们往上飞行的时候，雅克问。

坎达丝骄傲地笑着。“注意力集中，雅克，”她说，十分享受这个取笑哥哥的机会，“我以为爸爸也展示给你看过。”

雅克低声咕哝了一句，但坎达丝没有听清他在说什么。

“我们训练的时候，你从来都不专心。”她知道这是雅克的弱点，一针见血指了出来。他有强大的力量，但他的好奇心太盛，使得他每次都很难专注于一项任务。

双胞胎知道，他们很快就会得到新的能量种子，所以他们毫不吝啬所剩的能量，加快速度回家。

“来吧，”快到家的时候，坎达丝说，“请集中注意力，和我意念相通，这样我们就能赢得今天的比赛。”

雅克点点头，但他脑子里只想着那些他见过的又高又怪的石头，全都是绿色和棕色的。

双胞胎在水晶海洋之上飞翔，阳光下，浩瀚的紫色海洋闪烁着光芒，他们凝视着家园，这个神奇的世界。为了庆祝能量日庆典，所有的彩色帐篷都熠熠生辉。

克瑞丝塔盘踞于一堆高耸的岩石上，四周被闪亮的水晶海洋围绕，那里的房子其实是有着树和花的颜色的帐篷，随季节变换，微风从东边或西边吹来。一年到头，灿烂的阳光让这个地方如同水晶一样璀璨，虽然从不下雨，但泉水从岩石深处流出，滋润自然万物。

“这是世界上最美丽的地方了。”雅克惊呼。

坎达丝看着她的哥哥，说：“我们已经见过很多次了，来吧，等我们有空的时候，我们大可以再到这里来欣赏景色。”

雅克点点头，仍想着那场爆炸。

“看，我们到了。”坎达丝指着雕刻着四个栩栩如生的石像的大门，那是克瑞丝塔的入口。

光能量生机勃勃，所有的克瑞丝塔人都穿着白色的服装，兴高采烈地忙碌着，为能量日的庆典和比赛做准备。双胞胎着陆时，一位身穿白袍、和蔼的老人朝他们走来，他被灿烂光环和飞舞的能量种子环绕着。“你们使用能量种子飞回来，令人印象深刻啊！”他高兴地说。

“谢谢爷爷！”双胞胎拥抱了他，他是克瑞丝塔最年长的居民，对孙子孙女十分溺爱，当然，作为回报，他们也十分崇拜他。

“今天是你们两个的重要日子，你是最棒的飞行者，我对你很有信心。”爷爷对雅克说，亲昵地拍着他的背。

“我们最好现在就去准备。”坎达丝说，他们匆忙回到帐篷，雅克将斗篷藏在他的身后，这时坎达丝叫道：“爸爸！妈妈！我们回来了！”

“那么我们出发吧。”他们的母亲说。

“你们两个差点儿迟到了，”科布说，“你们有没有感受到震动？那时你们在哪里？”

坎达丝正准备回答，雅克怒视着她，希望她保持安静。

“我们刚才在练习，什么都没注意到，爸爸。”雅克说。

但眼尖的父亲已经看到了斗篷，他从儿子手上夺过那件厚衣服。“为什么又把它拿出来？”他非常生气地问，并转过身去，不想听他们的回答。

雅克叹了口气，去为比赛做准备。

“必须把斗篷藏好，”科布对艾说，“我可不想让他们再使用它。”

“我们的儿子在长大，他想要知道这个真实世界到底是怎么回事，”艾平静地回答，“也许他还记得当他是个婴儿时候发生的事，他在那里待了一个多月。”

“他那么小，怎么可能记得？”

“那倒是。”艾说。

“我不认为他能抵抗蒙面的力量。”科布低声说。

他的妻子握起他的手，“在大门被关闭前，你选择了光的道路，这是一条正确的道路，所以，别担心了。”她说，“我们的孩子永远不需要知道蒙面那种可怕的事。”

科布从帐篷的入口望向远方的大门，轻轻拍了怕斗篷。

“但愿你是对的。”他说。

第二章　能量日

雅克和坎达丝已经换好了他们纯白色的比赛裤子和束腰外衣，准备就绪。成年人纷纷展翅翱翔在能量树的上空，年轻人在离地面几米的地方飘浮，气氛真是又热烈又欢乐。最小的孩子会等比赛结束后，由父母背着去激活能量。大家携带着银色的能量种子围绕着能量树，哼着一段优美的旋律：《能量树之歌》。作为回应，能量树开始变换颜色，从银到蓝，最后呈现彩虹的色彩。

在人群中间，科布展开双翼，飞上能量树的顶端。当他升起的时候，树散发出一道美丽的金色光芒，释放着不可思议的力量。当能量树完全转变成金色时，也就是比赛开始的时候了。

雅克已经用他浅蓝色的星星状的种子给自己充满能量，坎达丝也用她粉红色的花朵状的种子做了同样的事。他们对视一眼，领会彼此目标一致：赢！

“专注！”坎达丝提醒雅克。

“光的力量战胜一切！德纳米！”克瑞丝塔的人们呼喊着。能量树变成金色了，比赛开始。两两组队的人在空中冲来冲去，试图抓住那些飞舞的能量种子，场上溢彩流光、劈啪作响。雅克在之前那段启动能量的经历之后，似乎变得特别强大。他将他和坎达丝的能量种子连接起来，更多的能量种子被他们的这根能量带吸引过来，使他们得到的能量种子比别人多得多，一路领先。多亏强大的感应能力，他们成了动作最敏捷的一队。

“我们赢了！”坎达丝欢快地说。

“看见我有多强大了吗？”雅克又在嘲弄妹妹了。

“你怎么做到把我的种子和你的种子连在一起的？从哪里学到的？”他妹妹生气地说，她又用挖苦的口吻补充了一句，“很明显，我可没为胜利出什么力。”

雅克对他从隐蔽世界中学到的东西感到激动不已。

“干得好！”他们的母亲说。

“你们瞧，”他们的父亲说，“我总是说，当你们齐心协力的时候，你们是最强大的。”

比赛的尾声，每个人都得为接下来的一年充满光能量，四个石像的眼睛里射出光芒，这四个石头守卫就跨坐在大门两边的大柱子上。

对雅克和坎达丝来说，这可是一个美好的时刻，作为比赛的胜利者，他们获得了率先激活的特权。雅克跳入空中，他没有等他的妹妹，但坎达丝紧随其后，他们很快到达了能量树的顶端，在那里他们的能量种子被激活，在树散发的白光的照耀下，它们得到了净化，并充满了能量。

大家在庆典上高歌，双胞胎听见他们的名字被加入歌词中。雅克兴高采烈，浑身充满光和能量是一种极其愉快的感觉，通道里的经历曾使他变得相当虚弱，而现在他又可以在新的一年里充满力量了。

接下来，轮到雅克的父母了，但是当科布升到树顶时，他突然感到一阵紧张，那是一种他已经很久没有体验到的奇怪的感觉，过了一会儿，他才了解到那是恐惧，周围出现了一股暗能量，有什么糟糕的事要发生了。

科布和艾打算更新他们的能量时，天空暗了下来。能量树突然黯淡、沉寂了下来，不再散发出光芒和能量。科布本能地将双翼完全展开，雅克此生第一次见识到他父亲全部的力量。

一阵强风刮过，天空更暗了，又是一道闪电，一个奇怪的、丑陋的女人出现在天空。她的皮肤黝黑、粗糙，长着巨大漆黑的翅膀，脸上横着一道伤疤。她穿着黑色的披风，两边各有一个长着翅膀的古怪生物。

恐惧感在克瑞丝塔人中间蔓延，这令他们困惑不已，他们缩在暗下来的能量树的下面，古怪生物邪恶地大笑起来，其中一个飞到了女人的左肩，它的一部分长得像鹦鹉，秃头、长喙、彩色的翅膀，另一部分像狼，有着恶毒的黄眼睛和毛茸茸的长尾巴。

“够了，向野兽世界的女王行礼！”鹦鹉兽用刺耳的叫声给克瑞丝塔人下命令。她的另一个伙伴，一个长着蝙蝠耳朵和翅膀的邪恶的高个子男人，在她身后的右侧恶意满满地盘旋着，虽然他什么话都没说，却一脸仇恨。

几百只丑陋的半人半兽的生物匆匆忙忙地包围了能量树，这场景真是既怪异又恐怖，有些怪物长着狼的脸和身体，却有着人的腿和脚。有些有着老虎和猎豹的身体，脸上却戴着石头面具。

一群蜥蜴般的野兽紧紧蜷成一团，像轮子一样不停地在野兽女王的前后滚动，这让每个克瑞丝塔人都紧张不安。坎达丝仔细一看，发现一个半穿山甲半蛇的生物，她拉拉雅克的袖子，小声说："这些家伙看上去会把人的心给掏出来。"

她没有发现，爷爷已经小心翼翼地来到他们的身后，"安静，亲爱的，"他在她耳边说道，"它们真的会剖开人的胸口，把心挖出来，然后把它变成石头。"

坎达丝打了个冷战缩了回去，她只不过是说说而已，没想到是真的，她看了一眼她的哥哥，见他害怕地睁大眼睛，不知道他是否听到了爷爷对她的耳语。

克瑞丝塔的世界被一次震耳欲聋的爆炸破坏了，通向地底世界的秘密石门，随着一声深深的呻吟，打开得更大了。

当半穿山甲半蛇的怪物向他们滚来，雅克和坎达丝的勇气也消融了，他们躲在爷爷的身后，其他的克瑞丝塔人，无论老幼，都恐惧万分，没人见过类似的怪物。

科布，这个地方的领袖，勇敢地走上前，站在他的人民和丑陋的野兽女王之间。他的妻子艾站在他的身边，大胆地望着女王。

"你怎么进入克瑞丝塔的？"科布问女王，他响亮的声音听上去很威严。

女王展开一个邪恶的笑容，然后说："很久了，科布，不管你躲在哪里，我总是能找到你。"她举起左手做了一个威胁的姿势，人们看到她的手臂末端，本该是手的地方，长着一个蛇头。

"够了！"鹦鹉兽尖叫，"这也许是你们最后的机会了，向女王行礼。"

克瑞丝塔人无视这个怪物的命令，鹦鹉兽朝科布飞去，直直盯着他的脸。科布拿出一颗能量种子，将它变成弓箭，瞄准了怪物，希望能减少它的暗能量。

“你这个蠢货！回来！”野兽女王喊道，鹦鹉兽飞出了科布的射程。

又是一声尖叫，鹦鹉兽低头飞回女王的身后。雅克惊讶地望着他的父亲，科布似乎认识这些丑陋的生物，怎么会这样？

“我们没有躲，”科布平静地说，“我们只是在过自己的日子。”

女王嗤之以鼻地说：“好吧，我就是来摧毁你们舒适的小生活的！我会把你们全部蒙面！把你们的种子都变成石头。我会扩展我的石塔，将我的势力范围遍布整个克瑞丝塔世界，所有的光能量都会被抹去，等你们全都死了，我就获得了永生。”

“你永远不会成功。”艾说，轻蔑地摇着头。

“我失去了我的自由，忍受着痛苦的折磨，但是正如你们所见，我现在又获得了力量。所有想要活下去的人都必须向我行礼。把你们的心脏交给我！”女王笑着，扭头对鹦鹉兽说：“把他们的心都拿来给我！”

“你曾经失败过，这次你还是会失败。”科布自信地说。他发出一个信号，突然所有克瑞丝塔王国的成年人都展开翅膀，飞到空中。在耀眼的白光中，他们排成一个紧密的队形盘旋着，他们早已习惯把这样的队形作为庆典的一部分，但这次有不同的用处，他们正在抵御这些奇怪的生物，保护他们的世界。

野兽女王看到这一切有一点儿吃惊，她用稍微平静一点儿的声音说：“我记得你的能力，科布，如果你愿意再次帮助我，我会跟你分享世界，怎么样？”

她一边说，一边看着艾，冷笑着补充道："你的丈夫在增强他人能力这方面很有一手，你知道吗？他既能增加光明的力量，也能增加黑暗的力量。"

艾一言不发，但她的眼睛没有离开过女王，雅克以前从没见她这样过。

"我们现在处于不同的世界。"科布冷静地说。

其他克瑞丝塔人都站在科布的身后，他看上去气势非凡，虽然内心正暗暗发愁。他还没来得及激活能量，大多数克瑞丝塔人在比赛后都只剩下一点点能量，很不幸，女王是在他们更新能量之前来的。

"暗能量驱动着我们的世界。"女王用命令的口吻说道，释放出一道划过天际的闪电，一些克瑞丝塔人虽然有点儿发抖，但仍然坚守阵地。女王大笑不止，孩子们以前都不知道笑声原来可以这么难听。

"在你们被蒙面之前，我要让你们知道我是怎么进入你们这个世界的。"她宣告，"我等待了好多个能量日了，等着树的下方可以打开一个供我通过的裂口，今年我看到空中的爆炸，大门终于出现裂缝了，你们真的应该多加小心。"

雅克听到这些话，心里一沉，他惊恐地想到，也许是自己导致了这场灾难。他记得他在禁忌地带人形树旁边启动能量时发生的爆炸，就是这个爆炸使门出现从下到上的裂缝，带来这场可怕的袭击的吗？

女王压低声音，直接对科布说："你以为你是全能的，你以为你的防御是安全的，但我的力量依然能控制你。"

说完，野兽女王举手在能量树边掀起一阵旋风，很快它就变成一个巨大的龙卷风，周围都是闪电。巨大的恶魔蝙蝠飞向能量树，闪电在黑暗的空中扭曲着。突然树燃起了火焰，这棵珍贵的树被烧着了。

“雅克，你做了什么？”科布质问他的儿子，没等儿子回答，他展开强壮的翅膀，朝正在燃烧的能量树上空盘旋的野兽女王飞去。

艾转向双胞胎，小声说：“你们两个是唯一更新能量的人，你们的爸爸需要你们的帮助，留点儿神。”

当科布飞上去保卫树和他的人民的时候，他的翅膀变得更大了，肩膀上长出一对闪亮的角，发出耀眼的保护光，科布回头盯着雅克和坎达丝，虽然他的嘴巴没有动，但他们都听见他的声音在他们的脑海里响起：“我会增强你们的力量，让力量从你们身上流过。”

坎达丝很焦虑，她紧紧拉住哥哥的手，当他们手拉手、心连心地站在一起，一股从来没有过的强大的力量在他们的身体里涌现。

他们听见父亲为了团结众人发出洪亮的声音：“克瑞丝塔人，我们拥有最强大的力量！让我们和邪恶作战！德纳米！”

当科布大声宣告时，他的翅膀打开得更宽广了，它们开始发出彩色的光，其他克瑞丝塔人在他的光芒后列队，展开翅膀，形成一道横贯黑暗天空的白光。

“我真希望也能使用翅膀。”雅克说，扭头看看自己的肩膀，那里只有两个小小的突起。

突然野兽女王俯冲下来，站在他的面前，她弯腰看着他，声音几乎是温柔的：“你不是我曾经喜爱过的小孩吗？你喜欢住在这里？为什么你不跟我走呢？”

雅克目瞪口呆，困惑不已，他无法回答，甚至无法动弹。

女王温柔地一笑，然后直起身来，对着雅克的爷爷放出一道闪电，后者正迅速过来保护这个男孩。一瞬间，科布也到了，伸手抓住了闪电，他的手被灼伤了，但保护了其他人免受火焰的伤害。雅克和坎达丝为父亲爆发的力量惊呆了，而野兽女王则怒不可遏地冲着双胞胎的爷爷尖叫：“老家伙，你还活着！真令人意外啊！但你和其他的克瑞丝塔人很快就会失去力量，统统灭亡。”

“我们是还活着，不像你，你仅仅是在受罪。”爷爷骄傲地说。

“因为我钟爱痛苦，你不知道吗？”野兽女王说，狂笑起来。

她疯狂地挥舞双臂，强风呼啸，闪电伴随着她的怒气迸现，几百只难看的蝙蝠冲上天空，更多的蝙蝠飞了过来，黑色翅膀如同洪水一般。

鹦鹉兽尖着嗓子说：“够了！现在就行礼，否则就把你们杀光！”

除了双胞胎的父母，其他克瑞丝塔人都没见过龙卷风或闪电。女王举起手，使用她的暗能量创造出一个旋转的圆锥状的气柱，它带着很多旋涡一齐扑向克瑞丝塔，许多帐篷都被卷入风中。

克瑞丝塔人被暗能量给镇住了，他们中的许多人飞来飞去，和半穿山甲半蛇的怪物战斗，赶走攻击他们的蝙蝠。鹦鹉兽从嘴里吐出闪电，袭击克瑞丝塔，烧掉了几个帐篷，克瑞丝塔一片混乱。

艾也全神贯注地聚集她的光能量，放出红色的火花来抵御邪恶力量，红色的光带和闪电在半空中相撞，绽放出花朵般的、巨大的光亮，能量种子纷纷撒落。如果不是心怀恐惧的话，克瑞丝塔人一定会觉得这个场面很美。

与此同时，能量树持续燃烧着，一些克瑞丝塔人一趟趟飞着，舀来海水浇到树上，但没有起效。

闪电的光更亮了，惊醒了四个石像，它们是克瑞丝塔世界的守卫。当四个神兽复活时，城市的大门都颤动起来。每个神兽都长着六个强有力的翅膀，它们展翅俯冲，用它们辉煌的力量保卫克瑞丝塔。

雄鹰挡住了恶魔蝙蝠，那个家伙正在指挥一群小蝙蝠。四个神兽用它们巨大的翅膀制造出强劲的旋风。怪物们无法抵挡它们的力量，很快被吸入风洞，又被扔回它们来的那个洞里。最后只剩下野兽女王、鹦鹉兽和恶魔蝙蝠。

“够了！这些家伙是什么？它们不是应该臣服我们的吗？”鹦鹉兽问野兽女王。

“它们是这里强大的看门人。”女王反驳道。

就在此刻，天空中出现了克瑞丝塔的王，空气一下子变得轻盈起来，光越来越耀眼，让雅克睁不开眼睛，这是他第一次目睹克瑞丝塔的最高权威，虽然他有了这个机会，但完全看不清，只能感受到那种闪闪发亮，以及所释放出的巨大力量。

“我失去力量了！”鹦鹉兽惊恐地怪叫。野兽女王盯着鹦鹉兽，然后示意它和恶魔蝙蝠离开。

“我已经烧了你们的能量树，你们还是会死！”女王尖声说，因为不得不这么快结束战斗而怒火中烧，然后她转向雅克。“有谁想跟我一起走吗？”她带着嘲弄的口吻，直勾勾地盯着男孩。雅克非常不舒服，只是看着地面。女王转身消失在最后掀起的一阵旋风里，随她的两个跟班一起离开了。

“哦，陛下。”科布说，向王施礼，从王的眼睛里射出一道明亮的光照向整个克瑞丝塔，消除了一切暗能量。天空再次明亮起来。

“我们还活着！”科布说，他的手臂高高举起，向王致敬，并鼓励整个克瑞丝塔王国。人们欢呼着，降落到地面，年轻人激动地交谈着，敬畏地望着王。

至高无上的王飞到科布站的地方，科布微微地向王国的主宰低下了头，有个东西被直接扔到了他面前。科布朝雅克打了个手势，雅克弯腰捡起，那是个形状像一把钥匙的青铜的物体，有七个彩色的格子。

接着，王转身朝燃烧着的能量树飞去，将火苗吸入他美丽雪白的毛里……

当人们看见强壮的王跌落地面时，都倒抽一口冷气，他浑身都燃烧起来。四个跟随的人冲过去，火灭了之后，他们扶住了他，把他抬去水晶海洋那边。

克瑞丝塔人窃窃私语，伤心又失落，他们的世界一团糟，许多帐篷都毁了，能量树被烧了，看上去生机全无。至高无上的王怎么了？

科布也为这些毫无意义的破坏而感到深深的悲哀，但他知道必须鼓励他的人民，他仔细端详能量树。

“这棵树还没有完全毁掉，我们还是有希望的，”他大叫，“有一个方法可以救活它。”

科布问雅克要来那把从地上捡起来的青铜钥匙。

“这是可以用来收集七盏灯的钥匙。”他解释说，把它高高举起让大家都可以看见这个闪光的物体。他啪的一声打开它的两边，露出七个空的格子，“每盏灯都能释放光的力量，这是拯救树的唯一方法。”

“但灯在哪里？”一位长者问道，“我从没听说过它们。”

科布叹了口气。“灯不在这里，”他说，“它们在野兽世界，一个顶危险的地方。它们被藏在能量城里，在那儿被称为星星使者的人类保护了起来，只有充满光能量和智慧的星星使者知道灯在哪里，但这些都是我在很久之前了解到的，我不清楚过了这么多年他们是否还存在。”

克瑞丝塔人一片沉默。他们要如何去一个危险的陌生世界寻找星星使者和灯呢？现在只有雅克和坎达丝拥有光能量，甚至科布都在保护雅克和爷爷免遭女王攻击的时候受伤了。

雅克知道他别无选择，他是唯一一个有足够力量前往野兽世界的，除此之外，他必须为这次的野兽袭击负责，如果他没有前往那个奇怪的地方，这一切都不会发生。

“爸爸，我去找灯。”他懊恼地说。

“不，”他的母亲喊道，“太危险了，一旦离开克瑞丝塔，无法保证你能继续活下去。”

但他的父亲直视着他的眼睛，说：“雅克，这是你的选择，如果你找到星星使者，就能找到灯。你必须收集每一盏灯的光能量，这是拯救我们的唯一办法。”

父亲的声音坚定有力，雅克的心里油然而生一股自豪，令他信心十足。他要勇敢面对野兽女王，拯救人民，弥补他的过错。

坎达丝深呼吸了一下，站出来说：“我要跟雅克一起去，我相信我能帮上忙。”

“不，太危险了。”雅克反对。

但坎达丝很坚持，不幸的是父亲也站到了她那一边。

“你们两个是唯一更新能量的，她能帮助你。”科布对雅克说，“记住，你们在一起时最强大。”

这时，一个长相奇特的女孩走到了雅克身后，她的脖子和一只手上缠绕着树皮，叶子从她的头上长出来。

“我能帮你去找灯，”她的声音深沉刺耳，“我的家乡就在能量城中。”

雅克回头看她，吃惊地说：“我认识你，你是那个满是石头怪物的禁忌领域里的树姑娘。”

“是我。”她说，她说话很慢，每说一句都要喘一会儿气，“不知道为什么，门打开了，你的一些能量种子进了我的黑暗区域……我差不多又变回人类了。我一直想要进入你们的世界，我被蒙面，关在那里很久了。”

克瑞丝塔人都瞧着这个奇怪的女孩，她身体的大部分都和人类一样，但身上还是长着不少枝丫。

坎达丝对这个树姑娘所说的并不确定，但雅克很快接受了她的请求：“我觉得有个了解那地方的人当我们的向导更好一点儿。”

“姑娘，你就是让雅克昏倒的人吧？你用他的力量为自己解除了蒙面？”科布问。树姑娘点点头，低下头，极力掩饰滚落在粗糙脸颊上的眼泪。

“不要紧，她领我们去那里挺好的。”雅克说，带着一点点雀跃，在完成这个危险使命的时候能得到一点儿帮助，还是很让他高兴的。

科布看着他的儿子和女儿，不确定他们是否足够坚强，足以面对前路的危险。但他叹了口气，知道自己别无选择。

“艾，你能去把斗篷和特殊种子拿来吗？”他轻轻对妻子说。

艾飞奔到他们的帐篷，几分钟后就带着斗篷和两个小背包回来，在背包里她飞快地装了旅途所需的食物和水。

“雅克、坎达丝，你们必须带上斗篷，”科布说，把他们以前使用过的粗糙的褐色斗篷递给他们，“野兽女王也许会让你们蒙面，这意味着她要灌注给你们黑暗的力量，把你们变成野兽。这件斗篷有它自己的力量，会保护你们。”他一边说，一边卷起斗篷，把它放进一个背包里，递给雅克。

“旅途会很漫长，亲爱的。”他们的母亲说，“把这些特殊的能量种子带上。他们会帮助你们区分哪些人仍然拥有光能量。当它们遇到正确的人时，就会被激活。必须把它们藏好。”她给雅克一个小袋子，里面装着克瑞丝塔的七色种子。他把它系在腰带上，挨着他装自己的能量种子的袋子。

“记住，”他们的父亲补充道，“当你们共同启动能量并且贯通彼此能量时，才会变得最强。”

两个孩子不太理解如何贯通他们的能量，但听了父亲的话，他们还是严肃地点了点头。

“雅克，别再吸取更多的暗能量了。”科布警告道，他把青铜钥匙交给他的女儿，而不是儿子。“你们需要从灯里收集光，”他说，“把它安然无恙地带回来。”

雅克有点儿失望，父亲似乎更信任坎达丝。但也许他活该如此，毕竟他是这场灾难的罪魁祸首。

“我怎么使用它，爸爸？”坎达丝问，她把手里的东西翻过来看，它有七个圆圆的空格，比一般钥匙大，样子古怪，显然打不开任何一扇门。

科布还没来得及回答，就听到一阵响亮的呜呜声。通往野兽世界的石头大门正在徐徐关闭，雅克、坎达丝和树姑娘已经没时间可以浪费了，必须赶紧冲入大门。

“快跑！”他们的母亲说，“注意安全！保证要回到我们身边来。”

“我保证，妈妈。我会带着坎达丝安全归来的。”雅克回头叫道。

“你能做到的，儿子。别忘了使用斗篷！”

“永远跟着光走。”科布叫道，并使用自己最后的能量帮助他们加速冲向大门。雅克和坎达丝点点头。雅克真的想要问父亲更多关于野兽世界的事，很明显他还有很多知道的事没有说出来，但没有时间了。孩子们屡屡回望，看见克瑞丝塔人都移至水晶海洋，渐渐沉入海里，在那里还能保持他们剩余的能量，海水渐渐淹没了他们。

“妈妈！”当见到这一幕时，坎达丝叫了出来。

艾挥着手，冲着孩子们微笑，雅克拉着妹妹尽力快跑。三个旅行者在门即将关闭的一刹那滑入其中。里面一团漆黑，树根横贯地面。

但雅克在门还没关上的时候就已经看到一段石头楼梯，似乎那里另有下去的道路，所以他们不一定要通过那个斜坡。他们摸索着路，发现了楼梯，由雅克领头，在黑暗中慢慢往下走去。突然，没有台阶了，雅克一脚踩空，滑到一个斜坡上，他尖叫起来。坎达丝和树姑娘紧随其后，也都叫了起来，这个斜坡似乎永无尽头，他们从无数充满暗能量的生物旁边经过，那些生物一直无法爬上去进入克瑞丝塔。

而在他们上面，克瑞丝塔人将他们的能量汇聚成一束光，从水晶海洋升起，如同一个灯塔引导雅克和坎达丝找到回来的路。所有人都在沉默而认真地为孩子的安全归来祈求，过了一会儿，海面重新恢复平静，整个克瑞丝塔王国被藏在深处的能量种子庇护起来。

第三章　电闪雷鸣

雅克、坎达丝和树姑娘一个接一个从陡峭的斜坡滑下，落在一个浅水池里，溅起一片水花。对雅克和坎达丝来说，这是一个奇特的新世界，但对树姑娘来说，这是一个陈旧的、她不太愿意面对的世界。他们站起来，衣服湿漉漉的，鞋子滑溜溜的。他们走到干燥一点儿的地面上，发现自己在一片沼泽地里，四周是高大的树木，灰色的迷雾笼罩一切，很难看清他们要走的路。

坎达丝努力将她又湿又脏的白色上衣捋直，她看上去很不高兴。而雅克则不然，他兴奋地东张西望，大声宣布："是的，我们做到了！"

坎达丝不喜欢这里的一切："我几乎不能在这里顺畅地呼吸。"

树姑娘则惊讶地环顾着周围，"我不知道我们在哪里。"她说，然后她注意到远处有一排坍塌的巨柱，觉得挺眼熟。"那一定是通向城市的路。"她指着柱子说。

"那就让我们走这边。"雅克说。

"我突然感到很累，"坎达丝声音虚弱，希望雅克能明白她的意思，"我想我失去太多能量了。"

“我也有这种感觉。”雅克说，“让我们找一个安全的地方补充能量吧。”他转身对树姑娘说：“你叫什么名字？你感觉好吗？”

“我叫阿拉米达，”她说，“我挺好，但你真的觉得这附近很安全吗？你难道没有察觉到有暗能量正围绕我们吗？”她的声音听上去很害怕。

“难道周围这些树都被蒙面了？”雅克问，“我们甚至不知道蒙面的真正含义，所以我们也没办法区别谁被蒙面了谁没有。”

阿拉米达说：“蒙面是野兽女王操纵人类、夺取他们能量的一种方法，她把他们变成树或者野兽，甚至变成石头，但有些人拼命抵抗，所以只有部分变化了。要区分这些到底是被蒙面的人还是真正的树，对我来说也很难。”

坎达丝打了个冷战说：“蒙面听上去真的非常恐怖。”

“确实，”阿拉米达说，“但还有更可怕的，野兽女王有时会把人的心脏变成石头，然后用这些石头来建造她的塔，以阻挡所有的光能量，据说，这能让她长生不老。”

虽然雅克注意到阿拉米达说这些话时充满悲伤，但是他仍然有很多问题，“只有女王能让人蒙面吗？”他问，“她是如何做到的？”

“在你提出下一个问题之前，先给她回答问题的机会。”坎达丝说。

“据我所知，世界上有两个人能施展蒙面术，”阿拉米达说，“我们只见过野兽女王施展这招，也知道她是从秘密公牛部落学来的，但另一个能施展蒙面术的人不知道是谁，甚至连那个人是男是女都不知道。”

“这个神秘人会是谁呢？”雅克好想知道。

“我只知道很多人都被蒙面了，”阿拉米达说，“女王制造了一场大洪水，摧毁了所有建筑，然后她试图蒙面所有的人。”

雅克很好奇：“建筑？在哪里？”

他等不及阿拉米达回答就朝柱子那里走去。

“雅克！等等！我们最好先激活能量。”坎达丝说。

雅克转回来，两个人在一块高高的岩石的掩护下准备激活能量。

“光的力量战胜一切！德纳米！”坎达丝高呼，举起右手，雅克举起了左手。他们闭上眼睛集中精神，但有什么事情不对劲，他们的能量种子刚从口袋里弹出来，立刻就虚弱地停在他们的肩头，不像以往那样光芒四射地旋转，为他们充满能量。

“不起作用了。”坎达丝说，她很担心，他们又试了一次，但再次失败了。

他们沮丧极了，收好各自的种子，双双瘫倒在地上。“我好渴，”坎达丝说，“我真的受不了了。”

“我也是。”雅克说。

他们四处寻找水源，附近有一条冒着泡泡的小溪，所以他们每个人都喝了一点儿。

“你们是纯粹的克瑞丝塔人，是吗？”阿拉米达问，她观察到，当双胞胎俯身喝水时，他们背上隆起的小翅膀在风中微微拍打。

“当然，我们是的，”雅克说，“但是除了我们的翅膀，我们还有什么和你们不同吗？”

“你们和我们非常不同，我们没有你们所拥有的能量，当她把我的心变成石头，带去石塔的时候，我没办法抵抗。”阿拉米达一声叹息。

双胞胎有点儿尴尬，不再提问了。但阿拉米达又说：“你们是兄妹吗？”

“我们是双胞胎，虽然我们看上去长得不太像。”雅克说。

阿拉米达十分羡慕他们的关系，她失去了所有的家人，她对坎达丝说：“你有股好闻的香味，让我感到又平静又快乐。”

坎达丝对她浅浅一笑，但没说什么。

突然，坎达丝肩上的能量种子抖动了一下，似乎有什么不平常的事情发生了，坎达丝注意到他们身边一截长长的树根似乎在移动，但当她刚指出这一点时，树根又不动了。他们继续上路，雅克拉着阿拉米达长着枝条的手来支撑她，地面越来越坚实了，但他们周围仍然都是树。

他们撞见了一条公牛蛇，大约有一米半长，它有两条短腿，身体是褐色的，带着黑色和深棕色的斑点，肚子则是浅棕色的，还有个小脑袋，一个可以用来挖土的大鼻子。公牛蛇试图靠近坎达丝，但它寸步难行，看上去好像病得很重。

坎达丝退后了几步，离这个奇怪的生物远一点儿。“雅克，为什么这条蛇有脚？”她问。蛇的眼睛盯着她，像人的眼睛。“它有点儿不对劲。”她说。

“他是一个蒙面人，”阿拉米达解释道，“我们没法帮助他，当你被蒙面后，几乎所有的能量都会被吸收，那是一场在你身体内的战斗。”

他们离开了蛇，蛇看见他们走了难过极了。

“你是怎么被蒙面的？”雅克问，无法遏制他的好奇，阿拉米达瞥了他一眼，然后低下了头。

“野兽女王和她丑陋的野兽来到我所居住的阿布尔城，那里本来是如此美丽，绿意盎然，我们拥有很多光能量。女王想要把我们蒙面，夺走我们的力量，我们不得不逃。我们希望能去克瑞丝塔避难，但在半路上，我们就全部被蒙面了，我的心也被变成了石头。”阿拉米达一边说，一边流下了眼泪，“幸运的是，我还保存了一些光能量，所以没有变成图巴。”

“图巴是什么？”雅克问。

“图巴是全部变成石头的人或动物，他们无法移动，只能叹一小口气，等所有的光能量都失去了，就完全陷于绝望了。”阿拉米达说。

“真抱歉，”雅克说，轻轻碰了碰她的胳膊，“等我收集到所有的灯，就能恢复你的心，然后我们一起返回克瑞丝塔。”

阿拉米达被雅克想要帮助她的诚意打动了。

“我不是唯一一个，”她说，想到她失落的家人，“野兽女王蒙面了几千人，他们的心都被用来造石塔了。她夺走了我妈妈阿拉瑞莎的心。”

阿拉米达说到妈妈名字时不得不强忍眼泪，然后她说：“如果我们拥有七盏灯的力量，也许就能点亮所有的石头，把它们复原成人心。但首先我们得把石塔毁了。”

“石塔在哪里？”雅克问，又勇敢地补充了一句，“我会毁了它！”

在阿拉米达回答之前，他们已经到了那本来看起来很远的石柱边，它们被成堆的砖石围着，都是断壁残垣。

“这是你的城市吗？”雅克问阿拉米达。

“这些柱子看上去像我以前居住的阿布尔城的城门，但一切都已不在了。”她说，同时查看着废墟。

他们在布满树根的石头路面上艰难行进，坎达丝再次察觉有些树根在动，她飞快朝身后看去，看见和这些根相连的一棵树，难道它在跟踪他们？

“我发现了点儿东西，雅克。”坎达丝说，“似乎它在夺取我们的能量。我们最好还是赶紧补充能量。”双胞胎又试了一次，大声喊道：“德纳米！”但再次失败。雅克听到轻轻的噼啪声，一小股暖意从妈妈给他的小袋子里散发出来，但没有能量种子飞出。双胞胎手挽手，他们太虚弱了，都无法集中精神来汇聚能量。

突然，天开始下雨。

“为什么水会浇到我们身上？”坎达丝惊呼。

“我不知道。”雅克说。

双胞胎一脸茫然，阿拉米达忍不住笑了。“下雨了！”她说，“这是自然现象，克瑞丝塔从不下雨吗？”她很为那两个人的无知感到惊讶。

从她的表情可以看出没有危险，雅克抬头望着天空，为有这种新鲜的感觉而笑了起来。“有点儿酷。”他说。

“让我们用斗篷遮盖。”坎达丝说，她迅速走到一棵树下，躲避豆大的雨滴。

“为什么要躲？让我们开心开心！”雅克说。坎达丝看见她的哥哥在雨中上蹿下跳，任凭雨滴飞溅在脸上，决定和他在一起。很快双胞胎和阿拉米达一起在倾盆大雨中又笑又跳。

“真想带妈妈到这里，她一定会爱上这个！”坎达丝说，但一想到妈妈，她立刻变得严肃起来。“雅克，我们不应该到处玩耍，”她提醒哥哥，“我们得去找七盏灯救我们的世界和人民。”

雨突然而至，又突然而止。

“我们再试一次补充能量吧？”雅克问。

双胞胎再次握住手，“德纳米。”他们轻声说，不知道为什么，他们放松下来的情绪增强了他们的能力，当能量种子迸发并在他们周围闪烁时，他们感受到能量回归到他们身上。双胞胎召唤着他们的能量，而阿拉米达也试图吸收其中的一部分。说时迟那时快，又是一阵猛烈的爆炸，空中火光四溅，就像上次雅克从树中释放阿拉米达一样，雅克松开了他妹妹的手，爆炸几乎烧到坎达丝的手。

“我跟你说要专注！”坎达丝对雅克说，她很不友好地看了一眼阿拉米达，发现这个女孩在利用他们的能量。现在她看到阿拉米达脸上的面具掉了下来，她的脸和肩膀不再被枝条覆盖，坎达丝不得不承认她很漂亮，她褐色的眼睛很温柔。

雅克没注意她俩，他正在观察从妈妈给他的袋子里弹出的能量种子的活动，它散发出绿色的光芒，正围绕着一棵特别的树跳舞，这棵树的根变得越来越短，树本身似乎也在萎缩。

“出事了！”他大叫。

坎达丝转身背对着阿拉米达，跑到雅克身边，做出防御姿势。树厚厚的树皮开始层层剥落，他们听到一个奇怪的声音。

“这棵树在打喷嚏！”坎达丝说。

“别告诉我，这棵树是我们在找的东西？”雅克说。

他们飞过去凑近树，能量种子的颜色变了，所有其他的能量种子似乎都被这棵树吸引，围着它的树叶翩翩起舞。他们几个看见绿色的能量种子围绕着这棵正在苏醒的树闪闪发亮、嗡嗡作响，亮光越来越强烈，看上去树也在燃烧放出绿光。双胞胎感到害怕，急忙从扭动的树皮、树叶前撤退。

“我认为是能量种子让这棵树复活了。”阿拉米达小声说。

“我也这样想！那是什么？”雅克喊道，树根不断地扭动剥落，坎达丝躲到了雅克的身后。

他们听见一声清晰的“哎哟”，一个人从地上爬起来，站在他们面前，他的胳膊和腿都缠绕着树根和树叶，脸上依然覆盖着一层树皮。

这棵树很明显是一个长着根的人。“啊……我的身体有感觉了！”刚获释的人大声宣布，活动着他的肩膀和手。

好奇心驱使雅克靠近这个家伙，他想引起他的注意。“打扰了。”他说。

“你是谁？”这个人问，他看见了坎达丝，“那是什么香味？”

“嗯……我们是克瑞丝塔人。”雅克解释。

这个刚才还是树的人，粗鲁地盯着他们，整整过了一分钟才开始说话。“你们为什么这么久才来？”他用沙哑的声音说道，“我在树里等了这么长的时间。”

他转身离开。“哎哟，怎么还有根连在我的脚上，这些缠着我的东西让我发痒！”

很显然，这个被树根包裹的人过于在意自己的处境而完全不关心他的救命恩人。坎达丝发现四周有别的异动，一群牛蛙被她的香味所吸引，正缓慢地朝他们跳来，双胞胎激活了他们的能量，似乎唤醒了某些森林怪物。坎达丝尖叫着，害怕牛蛙会袭击她。阿拉米达用她木头的手赶走靠近的那几只牛蛙，然后他们三个跑了一段路。

这个从树里释放的人完全没有停下来帮他们的意思，他穿过废墟，进入森林。他们别无选择，只能跟着，想着也许这个人知道灯的线索。但他在树丛里跋涉，用他粗糙的手把他们推开。

“你不帮助我们吗？”阿拉米达朝他叫道，挣扎着快速穿过她周围纠缠交错的根叶。但他仍然飞快跑着。

“为什么？”他回头说，“这么长时间，都没人帮我。”

“我们救了你！”雅克愤怒地说。他的手臂被刮伤了，他穿过树丛的时候，枝条老打在他的脸上。他被树根之间的什么东西绊了一跤，让他突然意识到那些藏在地底下的被蒙面的动物正在让他和妹妹的力量枯竭。还有一个丑陋的蛇人，似乎正跟着他们。

他们不顾一切地追赶着那个树人，来到了一个河岸。突然，天空变暗了，一阵可怕的旋风袭来，他们听见奇怪的恐怖的笑声。旋风中间站着野兽女王，恶魔蝙蝠和鹦鹉兽分列她的两旁。

“好，好。”野兽女王咯咯笑着，朝他们走来，她绿色的眼睛因恶意而闪闪发亮。她离双胞胎那么近，以至于他们能看见一条伤疤把她的脸分成两半，一半是人类的脸，一半则像蜥蜴的皮一样长着鳞屑。

“这不是我老朋友科布的儿子和女儿吗？”她嘲弄地问，“欢迎你们回到我的世界来，还记得上次你们到这里来的经历吗？”

“我们以前没来过。”雅克说，他又气愤又害怕。

“你们太年轻了，你们的爸爸没有告诉过你们他的故事吗？不要紧，既然你们来了，你们就是我的客人。也许你们想要更多了解野兽世界。”女王的声音很平静，但她的眼神却不怀好意。

“我们不想和你有任何关系。”雅克勇敢地说，他站到妹妹的前面保护她，挡住女王。

“别傻了，在克瑞丝塔，你们的爸爸会保护你们，但现在让你们见识见识什么是真正的力量。”

野兽女王抬起手，召唤出一个小型的旋风，将它掷向一直跟着他们的蛇人。一刹那，蛇人完全化成了石头，这一幕让雅克和坎达丝惊恐万分。

鹦鹉兽飞到女王前面，命令道：“够了！够了！够了！向女王行礼！”

“滚开！”野兽女王对鹦鹉兽叫道，粗暴地把它挥到一边，它拼命扑打翅膀来维持平衡。雅克摇摇头，不知道为什么女王连对自己的手下都这么残忍。

“想要看一场更好的演出吗？”女王问，她升入空中，开始掀起一个更大的旋风，暴雨落下，河水暴涨，汹涌地冲上河岸。

雅克用斗篷遮住阿拉米达，自己和坎达丝试图再次激活能量，但在暴雨的袭击下，他们召唤不到能量。

“再试试看！”坎达丝说，她不知道还能做什么。

“你和阿拉米达先逃，让我来对付她。”雅克对她说。

坎达丝知道他既想保护她，又想控制局面，但她觉得这次不会奏效。

“不，我们必须一起，这样我们才能有更大的力量，”她争辩道，“记住爸爸说的话！”

“你们的力量比不上我，亲爱的孩子们。”女王叫道，她用强大的旋风将他们团团围住。

“雅克，看你们救的那个人！”阿拉米达呼喊道。

那个人正惊恐万分地打算爬上另一棵树，但强风就要把他吹跑了。

“我们要救他，等我数到三，我们就跑过去。”雅克说，拉住女孩们的手。他们一起冲到树那边，抓住了那个人的腿，把他拖到安全地带。

“谢谢你们。”那人说，他很惊讶他们依然愿意帮助他。紧接着，他们四个都跑进了森林，把强风甩在身后。

“给这些人一点儿小乐子。”野兽女王说，指挥恶魔蝙蝠继续制造旋风，把旋风朝四个人奔跑的方向挥去。

鹦鹉兽不甘落后，叫个不停：“够了！抓住他们！”

女王已经为双胞胎制定好了计划，现在她只想玩弄他们，让他们心惊胆战地在暴风雨中逃命，他们跑不远，她知道他们逃不脱她的掌心。“享受你们短暂的冒险之旅吧。”她冲着他们身后喊了一声，和恶魔蝙蝠一起飞走了，鹦鹉兽也尖叫着紧随其后。

逃跑的人来到一块高出地面的大岩石下，躲在那里喘着粗气。那个被他们救了两次的人，抬头用一种奇怪的表情看着坎达丝，他觉得她像一个仙女，这么久以来第一次，他的身体里涌起一阵温暖的感觉。

“我们的力量正在减弱，没有灯里的光，我们无法和女王一战。”雅克对他们说，“我们最好继续前进。”

“你指的是我的灯吗？”树人问，似乎他刚刚想起什么事情。他说得很慢，声音很沙哑，这让坎达丝想起阿拉米达第一次说话也是这样，虽然她现在的声音已经正常多了。

“你的灯？你是能量城市里的星星使者？”坎达丝热切地说。

“是啊，我想是的，”他挠挠头说，“记不清楚了，我被困在那些树根里太久了，我的脑子已经不能转得很快了。”又过了一会儿，他说：“跟我走，有一座教堂，灯应当在那里。”

“所有的房子都被毁了，我们怎么能找到那座教堂呢？”阿拉米达问。

“去看看吧。”他简洁地说，“拉着我的根，这样我们就不会失散了。”

他把根缠在他们三个身上，大家又一头冲入狂风暴雨中，朝阿布尔城跑去。雅克他们几个都浑身湿透了，但一步不停地跟着那个男人。绿色的能量种子——快乐的种子——在他面前舞蹈，似乎在引导他。

不久他们就到了一片到处都是大块碎石的宽阔区域，这个人停在一块石碑面前，石碑雕刻着很多古代符号，不知道怎么在城市被毁的时候保存了下来。

“这就是教堂的一部分，”他说，“我记得曾经有很多人躲在这儿。”

“灯在哪里？”雅克在风中大喊。风持续肆虐着，卷起大树，将石头抛入空中。情况越来越糟。

“等等……隔了好久了。”那人摆弄着仍然连在他手上的枝条，一会儿，他高兴地说，“我想它一定在石碑下面。”

“我们怎么移动它？”阿拉米达说。

“用我们的能量。”雅克和坎达丝异口同声说。

“你们两个能用能量移动那块石头？那真是值得一见。”那个人开始兴奋起来，雅克拿出他的能量种子，将一颗放在那个人的头上。“你也得加入我们，”他说，“让我们激活能量。德纳米！”

“光的力量战胜一切。德纳米！”坎达丝大喊，充满信心地看着雅克。这次他们成功激活能量了，那个人头上的种子开始跳舞，他也开始吸收光能量，缠绕他身体的根都松开了，他们三个都沐浴在闪亮的光芒中。

“我必须去石碑的另一边才能完成这个工作。”雅克说，“迎着大风很吃力，我从没见过这么猛的风，坎达丝，听我说，当我说好的时候，我们就移动石头。”

“她怎么能听见你的声音，你们离得这么远。”阿拉米达说。

“相信我们就行了。”雅克说，然后他顶着风艰难地绕着石头过去。

他用心声对坎达丝说：“准备好了吗？”

一读到他的心声，坎达丝便示意那个男人和他们一起集中能量，三个人同心协力，用力一推，巨石就滚到了一边。石头下面有很多挖掘出来的洞，有的深有的浅。

其中一个浅坑里，躺着一只抛光的木箱，男人小心翼翼地把它拿出来，拂去上面的灰尘，慢慢打开盖子，里面有一个把柄很华丽的黑色球体。

“这是雷电之灯。”他骄傲地说，将灯从盒子里取出来。

雅克兴高采烈，因为他们已经找到了第一盏灯，男人把灯高高举起，试图为它输入能量，但什么都没发生，没起作用。

“我该做什么？我不记得了。”他说，但他并不泄气，双胞胎的能量种子汇聚在他周围形成一个圈，不断变幻着各种形状——星星、钻石、爱心、花朵。它们似乎都在快乐地跳舞，突然他想起该干什么了。

“电闪雷鸣，给我毅力和光能量吧，光的力量战胜一切！”他大叫，把灯高举过头。灯似乎苏醒过来一般，发出美丽的红色光芒，让他浑身充满光能量，同时那些还附在他身上的树皮、树根纷纷脱落。只有他脸上的蒙面，以及两条长长的根还在，而两条长根也变成了明亮的红色，闪着光芒在风中舞动，当他挥动它们的时候，风势减弱了。

“成了！”他大叫，但这次努力很快就让他筋疲力尽，因为在遇到雅克和坎达丝之前，他上一次激活能量已经是很久以前的事了。

三位战士瘫倒在地上，疲惫不堪，却又无比兴奋开心。“我们做到了，”那个男人说，“我以前从没想到能反击女王。”其他人从他的声音里听到了从心底涌出的自豪，他自己也为有这样的感觉而惊讶。

双胞胎嘴上什么都没说，但坎达丝用心声祝贺了雅克，雅克则报之无声的一笑。

“我很抱歉，之前没有帮助你们。”在他们恢复气力的时候，这个男人说，“我对人类已经失去了信心，但你们让我恢复了。”

他说话的时候，外形也发生了变化，蒙面脱落了，露出一张快乐的脸，脑袋上长着蘑菇形的金发，他的年纪不比雅克大，看到双胞胎惊讶的表情，他笑起来。

“我的灯驱除了我身上所有的暗能量，”他稍微严肃了一点儿，

“现在我自由了。”随后他又狂笑起来，他们几个全都加入狂笑的行列。

“你们似乎跟我不一样，你们是人类吗？”他问双胞胎。

“我们是克瑞丝塔人。”雅克自豪地说。

“哦，克瑞丝塔，我以为它只存在于传说里。能让我看看你们的翅膀吗？”

雅克转过身，给他看自己背上的翅膀。

“为什么这么小？”他一边笑一边问。

“我们还不会飞，等我们再长大一点儿，有足够的力量，翅膀就会长大。”坎达丝告诉他，很高兴他能理解这一切。然后她向他解释，她需要从灯里收集一些光，将它放入灯钥匙里。他很乐意。坎达丝拿出灯钥匙，将它放在雷电之灯旁边，灯又苏醒了，钥匙里的第一个圆形空格的门打开了，灯发出的柔和红光注入其中，空格里亮起了光芒。

“好了。”她说。

“太棒了。”阿拉米达说，她想要摸一下钥匙，但坎达丝迅速将它塞进自己的背包。那个男人灵巧地用树根做了一条带子，用它来挂自己的灯。

“我们要找到其他的灯。”雅克提醒大家。

“为什么你们需要这些灯？”男人问。

“野兽女王来到克瑞丝塔，摧毁了我们的能量树。如果我们收集到七盏灯里的光，就能让它重新充满能量。”坎达丝解释说，“所以我们要前往其他的能量之城，找到那里的灯，你愿意跟我们一起去，并帮助我们吗？”

突然，他们听到身后有什么声音，顿时紧张起来，以为是女王或者她的野兽回来了。但让他们惊讶的是，一群被蒙面的人从石碑下面的洞里爬了出来，他们看上去又虚弱，又害怕。

一个老人握着他们新伙伴的手说："我不想再躲在下面了。"他的声音轻得几乎听不见。

刚解除蒙面的人回答："野兽女王最近不会回来，你可以带这些人去安全的地方，我们会继续和女王战斗，直到整片土地都得到解救。"

这些人离开了。而他依然沉默地站着，思考着自己说的那些话。他的力量恢复了，但他还不知道怎么充分利用自己的力量，他足以保护他的人民的安全吗？

"克瑞丝塔对我们来说就像一个梦，我们从没指望见到它，"他终于说，"但如果它需要保护，我会帮忙，不管怎样，如果我们不打败野兽女王和她的同伙，我的人民就无法安居乐业。"

他看着坎达丝说："我应当先自我介绍一下，我的名字叫戴维。"

"我们很高兴你能加入我们，戴维。"雅克说，热情地握住了他的手，然后他又问阿拉米达："你愿意留在这儿，还是跟我们一起走？"

"我想和你们在一起，我要获得更多的光能量。"她轻轻说。

雅克点点头，四个人一起出发，戴维怀着雀跃的心情回顾他的城市，默默许诺他一定会回来救那些依然被蒙面的人。

"我们一定会回来救他们。"雅克说，他猜出了戴维的念头，"但这会是一段漫长的旅程。"

坎达丝拉着戴维的一条根。“这东西会很有用。”她说。

“它们也很好玩。”戴维说，他用强有力的根将坎达丝举到空中，她高兴得尖叫起来，为他的强壮惊叹不已。

“我在飞！”她在空中旋转着说。坎达丝很少大笑，这似乎是第一次听到她在野兽世界里开怀大笑，那甜美的笑唤醒了早已在地下沉睡的花朵。

雅克并没有那么开心，他一边走一边想，为什么野兽女王声称他以前到过这里，他知道的事情太少了。

四个旅行者一直走到太阳落山，找到一片草地坐下休息，并吃了一些装在双胞胎背包里的食物。然后就躺下，很快睡着了，这一整天的意外冒险早就让他们筋疲力尽了。

第四章　笼中人

第二天早晨，天空灰蒙蒙的，戴维神清气爽地醒来，马上就渴望继续昨天的冒险。但当他坐在昨天睡过的柔软草地上时，惊奇地看见附近有一个被蒙面的女孩像一只兔子一样欢快地跳跃着。他匍匐着靠近了一些，又看了一会儿才认出那是坎达丝！原来她捡到了一只兔子面具，偷偷戴上了它。雅克抓了一些羽毛往自己头上脸上贴，似乎也戴上了一个面具。

"请别一大早这样吓我。"戴维说，还打了个呵欠。

"你的意思是，你怕小兔子？"坎达丝噘着嘴，脑袋左摇右晃，吸吸鼻子。雅克笑了，认为她完美表演了兔子。

戴维变得严肃起来，现在他完全清醒过来了。"看，"他说，"我被蒙面了，这事没什么好笑的，被困在那种无望的痛苦里，是一种非常可怕的感觉。所以，是的，你吓到我了，即使是一只小兔子。你们可以问问她是什么感受。"他指了指阿拉米达。

双胞胎惴惴不安地被指责了一通，不敢看阿拉米达，而是盯着脚下的地面。雅克紧张地走来走去，坎达丝则轻轻嘟囔了一句，好像在说"对不起"。

“实际上面具可能是一个绝佳的伪装。”阿拉米达说，“如果你们戴着，也许那些被蒙面的生物就不会注意到你们是克瑞丝塔人，也就不会总想着盗取你们的能量。”

听到这一点，坎达丝看了看戴维，他耸耸肩没说什么，所以坎达丝决定继续戴着这个面具赶路。

阿拉米达摘来一些果子，他们匆匆忙忙吃了一顿早餐，便出发了。戴维领头，他记得有一条通向邻城的路。那座城叫鸟城，因为过去这座城里有许多五彩缤纷的鸟整天停在树上啾啾叫，放声高歌，于是便有了这个名字。这条通向鸟城的路如今已是野草丛生，但还是能辨认出来。大约走了一个小时，他们来到一堵高耸的石墙面前，那上面有既陡又窄的石梯，向两边延伸开去，直到他们看不见为止。墙上装饰着各种鸟的图案。

“哇……我们怎么翻过石墙？”坎达丝说。

“这是金字塔的一部分吗？”阿拉米达问戴维。雅克和坎达丝有点迷惑不解，他们从没听说过金字塔。

“金字塔就是一种顶部有个点的三角形结构的建筑，”戴维解释，“它的墙就是这样的。”

“我以为它们都被野兽女王摧毁了，她恨一切人类文明的标志。”阿拉米达不满地说。

“她破坏太多东西了，有时候也会粗心大意漏掉一点儿，譬如这个就是。”戴维说。

“她恨人类？她自己难道不是人类吗？”雅克问，其他人都没吭声，没人知道这个问题的答案。

“我们怎么翻过去？每级台阶都这么陡，要不要看看有什么路可以绕过去？”坎达丝问，沮丧地看着这些台阶。

“不，让我们从这里过去。这是一段冒险之旅！乐趣多多！”戴维说，他攀上墙，在台阶上蹦蹦跳跳，似乎全无困难。等到了顶端，他将自己长长的树根垂到坎达丝和阿拉米达面前，两个女孩把树根当成绳子，爬上台阶，雅克则断后。很快他们就越过了这座破损的金字塔。

“团队协作！”戴维说，对同伴们咧嘴一笑，他们都大笑起来，这种一起在旅途中取得的进步让他们振奋不已。

在墙的另一边，他们发现了一条小溪，在喝了一些清水之后，他们决定坐下来休息休息。坎达丝坐在一堆石头上，头发在微风中飘扬。

突然，石头动了。

“天！我坐在什么上面了？”坎达丝叫道，立刻跳了起来。她发现原来那些根本不是石头，而是一群戴了面具变成乌龟的人，在他们短腿的末端依然长着人类的手和脚。一只小乌龟正趴在大乌龟身上休息，被坎达丝惊扰了。

“抱歉！”坎达丝说，“你还好吗？”

“你吵醒了我的宝宝。”乌龟妈妈抱怨道。乌龟宝宝开始哭了起来，他的妈妈看上去很着急。在他们后面有一只很大很老的乌龟慢慢朝他们爬来，坎达丝想，也许这是他们的曾爷爷。

“别哭啦！”年老的乌龟安慰宝宝，“小家伙生病了，”他用一种信任的口吻解释给坎达丝听，“一旦他哭起来，就会变得越来越虚弱。”

阿拉米达想，坎达丝对动物和人来说，总是那么有吸引力，让她十分羡慕。

“很抱歉，我坐在你身上了。”坎达丝对乌龟妈妈道歉，她拿出一颗能量种子，将其中的光能量传给了乌龟宝宝，乌龟宝宝立刻停止了哭泣，所有乌龟的龟壳都发出了亮光，能量的迸发让他们更强壮了。

“谢谢你。”乌龟妈妈说，“我会记住你的善意的。”

当四个人再次赶路时，阿拉米达说：“许多妈妈都把心给了野兽女王，只求能救她们的孩子，这事过去常常发生。”她想起了自己的妈妈，她也做了这样的牺牲，虽然最后也没能让自己的孩子逃脱被蒙面的命运。

坎达丝的眼睛里盈满泪水：“我真想念我的爸爸妈妈。”

雅克为他妹妹的软心肠而恼怒，“你不应该这样送掉你的能量。”他严厉地说，“我们需要留着它们完成我们的旅程，如果你老这么使用它们，该怎么办？”

坎达丝不理他，默默地走在队伍的最后，此时是雅克带路，戴维和阿拉米达对视了一眼，都觉得雅克对妹妹太苛刻了，但他们没有说什么。

道路消失了，地势逐渐升高，长长的草丛里散落着很多碎石头。

“这里就是鸟城的遗址了。”戴维说，“来吧！让我们去探索一番。”

阿拉米达尽力赶上各位，但她的腿在前一天走了一整天后受伤了，那条腿上依然覆盖着树皮。注意到她很痛苦，雅克扶住她的胳膊，帮着她继续走。坎达丝落在后面，有些嫉妒，为什么她的哥哥对这个陌生女孩比对她还好？

“我们还要走多远？”她问戴维。

“还有一段距离。大部分人过去都住在山的周围，”戴维指着前面的山说，“以前那可真是个好地方。”

往前望去，坎达丝看见山路上有几百个像笼子一样的东西，等他们更靠近一点，她发现它们都是石头做的，前面还有金属围栏。

“那些石笼是什么？”雅克问。

“听说野兽女王让很多人和鸟一起蒙面，然后把他们锁进这些笼子里。”戴维解释道，“为了给一个人蒙面，她往往会抓来一只动物，然后使用她的暗能量把人和动物融合在一起。在我的家乡她也做了同样的事情，把人和树融合在一起。”

“真可怕！”雅克叫道，“她会不会也对这座城市里的星星使者做了这样的事情？我们到山上能找到灯吗？”如果不是万不得已，雅克真不想靠近这么恐怖的山。

戴维还没来得及回答，就听见从戴着兔子面具的坎达丝那边传来一阵沙沙声，一群被蒙面成浣熊的人突然从灌木丛里冲出来，他们有着黑眼圈，浓密的黑色环尾，脚上有爪子，嘴巴尖尖的。他们的手指和脚趾都非常长。他们看见坎达丝时惊慌失措，当然坎达丝也被他们吓得不轻。

戴维跳到坎达丝面前，保护她。“嗨，你们是从哪里冒出来的？”他冲着浣熊人喊。

“你们害怕吗？”坎达丝用温柔的声音问他们。

一个浣熊人凑近看了看戴维。“你们是人类？”他的声音短促而尖利。

戴维没回答，恐怕一言不慎会让他们陷入危险。

“我们从山上的笼子里逃了出来，想回到森林里去藏起来。”另一个被蒙面的浣熊人说。

“你们是怎么从笼子里逃出来的？你们不是被锁起来了吗？”戴维问。

“几天前有一个鸟人被抓到这里来，他还残余一些光能量，是他帮助我们逃出来的。”浣熊人说。

阿拉米达问那位鸟人是否也逃脱了。

“恶魔蝙蝠发现他在帮我们逃跑，就率领他的蝙蝠军团把鸟人锁进了笼子，女王可能要把他的心变成石头。我们很感谢他，但我们认为他活不了了。”一个浣熊人诉说了前因后果。

这个小团队被这个消息惊呆了。

“你们知道他们现在把他关在哪里了吗？”雅克问，他考虑着是否能把他救出来。

“就在靠近山顶的一个笼子里，你们只要穿过蝙蝠洞就能到达。”一个浣熊人说，指着离他们并不远的山峰上的一个洞穴，“我们就是从那里逃出来的。”

“穿过蝙蝠洞？那里一定有成千上万只蝙蝠！”阿拉米达叫道。

“那也比爬山安全，”浣熊人说，“如果你那样做的话，恶魔蝙蝠的密探会看见你。”

坎达丝想给浣熊人一些光能量，但雅克阻止了她。“没用的，我们需要留着能量。”他警告道，“你不懂吗？如果我们完成任务，这些人都会得到解救，但如果我们在最终战斗前就用光了能量，我们就会输，他们也会永远在女王的掌控之中。”

浣熊人走了，消失在森林里。而坎达丝为哥哥告诫她的话而愤愤不平。

“我认为那个鸟人很有可能是星星使者，他们说他还有一些光能量，如果这样的话，他会帮我们找到灯。”戴维说。

“但听起来，他现在已经没什么能量了。”雅克怀疑地说。

“眼见为实。”戴维坚持道。

“我们怎么穿过蝙蝠洞？”坎达丝问，一想到这个她就瑟瑟发抖。

“不容易，那儿有成千上万的蝙蝠。”戴维说。他解释说蝙蝠习惯生活在黑暗中，有些什么都看不见，它们通常只在晚上出没，在白天睡觉。

“当它们飞起来，就会发出声波，它们根据从物体上反弹回来的声波判断位置，人们无法听到这样的声波。”戴维补充道，“现在蝙蝠在休息，所以我们要抓紧。”

他们小心地来到蝙蝠洞口，往里望去，洞很深，中间有一座桥。几千只蝙蝠倒挂在洞穴顶壁上，似乎都睡着了。他们要穿过洞穴而不能惊醒它们。

“我怕它们会感知我们的能量。”雅克轻声说。

“可以用斗篷遮住我们。会有用吗？”坎达丝问戴维。

“可以试试看。”戴维说。

坎达丝还在生哥哥的气，故意不看他。雅克甚至没注意到她的恼怒，他从背包里取出斗篷，盖在坎达丝和自己的头上。他们开始前进，缓慢地挪向桥边。

“如果它们抓住我们，会对我们做什么？”坎达丝小声问戴维。

“野兽女王会夺走你所有的能量，给你蒙面，一旦你失去能量，就会变成一个图巴。”他解释道。

“图巴就是长着脚却无法移动的石头，是吧？”坎达丝说，想起阿拉米达曾经说过的话。

“是的，这就是我即使被蒙面了，也要竭尽全力保护自己的能量的原因。如果不这样，我就会变成图巴中的一员。”

“安静！”雅克命令道，“跟着我。”

他领着大家深入洞穴，正当他们没入黑暗中时，头上传来沙沙声，他们抬头，恐怖地发现恶魔蝙蝠正在洞门口，借助洞口的光线，他那漆黑、强大的身影似乎比以往任何时候都要可怕。他发出一种高亢的声音，所有的蝙蝠立刻醒了，当恶魔蝙蝠转身飞走时，蝙蝠们都跟着他飞出了洞穴。

突然，阿拉米达的呼吸变得急促起来，她强忍住尖叫，一只又大又丑的蜈蚣爬在她的腿上。一些蝙蝠感受到这里的动静，向他们俯冲下来。他们被如黑云般旋转的翅膀包围住了。

“我们过不去了！”雅克大喊，“我们最好回去。”

戴维立刻点亮他的灯，以此来驱散蝙蝠，他们趁机一口气冲出了洞穴。

“雅克、坎达丝，去找鸟人！”戴维叫道，疯狂地挥舞灯，让蝙蝠无法靠近，“你们必须爬上山顶，我和阿拉米达随后就来。”

双胞胎拼命往山顶爬去，蝙蝠成群结队在他们头顶飞舞，但似乎没什么方向感。他们来到第一排笼子那里，看见那里全是石化的人，一些人脸被蒙了，一些人全身都被蒙了。他们的数量如此之多，他们看上去都软弱无助。就连雅克都希望能用自己的能量来帮助这些人。

“救我！”一个女孩叫着，她被变成一头鹿，她的声音这么可怜，以至于雅克无法回避，他拉住了她从笼子里伸出来的手，一刹那他的能量就被吸走了。看到这一幕，坎达丝迅速过来帮他，让他设法摆脱了可怜的鹿少女。

“雅克，你没从阿拉米达事件中吸取教训吗？”坎达丝尖锐地问。雅克非常不高兴她提起那件导致一切不幸发生的事，他恼怒地从妹妹身边走开，继续往山顶攀登。被争吵分散了注意力，双胞胎谁都没注意到，一小队蝙蝠正跟踪着他们，其中一只已经飞去向恶魔蝙蝠报告。

雅克移动得更慢了，他脸色苍白，他们经过那些笼子时，笼子里全是被蒙面苦苦折磨的人，从他们身上散发出的暗能量让雅克感觉越来越虚弱。他好像连走楼梯的力气都没了，当他们继续查看一个个石头笼子时，他拿出两颗能量种子来帮助他们搜索。

“请帮我找一个带有光能量的人吧，我会跟着你们。”他对他的种子说。坎达丝提醒雅克他们正在做非常危险的事，但他不听，种子朝山上飞去。

一些蝙蝠注意到雅克的种子，开始攻击它们，试着用脚来抓它们。雅克聚集起一些剩余的力量来吓跑这些蝙蝠，并把他的种子召回到安全地方。正当他这么做的时候，天空变红了，恶魔蝙蝠带着一群小蝙蝠朝他们飞来了。双胞胎环顾四周寻找藏身之处，他们躲在一个巨大的图巴后面，坎达丝拿出一些能量种子来帮助他们增强力量。

恶魔蝙蝠非常靠近了，他和他的一小簇同伙们在天上来回飞着，时不时俯冲到地面，寻找着什么。

“坎达丝，如果我们弯着腰慢一点儿移动，还是能继续搜寻石头笼子。我们必须找到鸟人。”雅克说，“让我们再一起激活能量，试着找到他。”

坎达丝说：“好，但我们必须齐心协力。”

雅克点点头，他们低低地吟诵起来：“一，二，三，专注！光的力量战胜一切！德纳米！”

当他们激活能量的时候，他们身边的石头都颤动起来。他们蹑手蹑脚从图巴身后出来，慢慢靠近邻近的笼子，坎达丝往里一瞥，看见一个非常虚弱的生物，一半是青蛙，一半是图巴。她看见他眼中的痛苦，当蝙蝠飞来飞去的时候，坎达丝和雅克惊讶地发现这个青蛙人放弃了，完全变成了一个图巴。坎达丝真的很想帮助这个可怜的家伙，但雅克一把抓住她，把她带到下一个笼子那里。

“让我们专心寻找星星使者。”他斩钉截铁地说，突然他注意到能量种子朝着附近一个笼子而去，笼门哗啦打开了，种子在一个小生物旁边盘旋，他脸色苍白在笼子里缩成一团，看上去惊惧万分。

“你是星星使者吗？”当坎达丝看到种子在这个人头顶上飞时，问道。

“你们是谁？”他谨慎地问，看上去果然像鸟和人的混合物，双胞胎确定他就是鸟人。

“我们是克瑞丝塔人。”坎达丝说着，从脸上揭下兔子面具。

“克瑞丝塔人！不敢相信还存在纯净的人。”鸟人惊讶地说。

“是的，但我们现在都处于危险之中。”雅克高声说，他的语气有点儿吓到他们面前的那个人了。

“我们没时间解释了，我们是来救你的，跟我们走！我们需要你帮忙，需要拿到灯。”坎达丝说。鸟人似乎已经无法移动了，所以双胞胎将他扶起来，把他半抱半拉带走了。

“灯藏在蝙蝠洞的深处。”鸟人记起来了，“我不能带你们去那里，恶魔蝙蝠吸干了我的能量。”他又柔声问：“你们会救这里的人吗？”

“我希望我们可以，但现在没有时间了，”坎达丝温和地说，“等我们恢复能量，就回来救他们。”

在他们头上，恶魔蝙蝠看见双胞胎带着一个被蒙面的人离开了笼子。他悄无声息地朝他们飞去，雅克看见了他，还看见他从自己外套里取出了一些能量种子。雅克想：他一定是从克瑞丝塔偷到这些种子的。恶魔蝙蝠抽出种子里的能量，种子的颜色立刻褪去了，恶魔蝙蝠把能量朝坎达丝发射，试图让她蒙面，但出乎意料的是，他失败了。

他的脸色顿时更黑了，聚集起他从鸟人那里抢来的能量，投向地面，制造出一个巨大的爆炸，但其产生的效果和他所想的远远不一样，山上的石头摇晃起来，朝山下翻滚，数以百计的石头笼子也滚下山坡，里面的蒙面人都尖叫起来。蝙蝠洞塌了，石头纷纷坠落，入口被封了起来，几千只蝙蝠都困在里面了。

这时，戴维和阿拉米达正在艰难地爬山，寻找着双胞胎。阿拉米达不得不拖着她的伤腿，她已经无法再跑了。而在山的更高处，雅克、坎达丝和鸟人几乎无法站稳，地面在他们脚下摇动。

“我们应当使用斗篷飞到洞穴那边去。”雅克对坎达丝说。“我们只剩下一点儿能量了，我不确定是不是能坚持飞到那里，你能帮帮我们吗？”他问鸟人。

虽然鸟人还是很虚弱，但还是点了点头。

“我能在你们的斗篷下飞，这样可以给你们一点儿支撑。”他说着，给雅克看他手臂上的羽毛，看上去就像两个翅膀。

雅克别无选择，只能相信他。他把斗篷在地面铺开，然后拉着坎达丝的手，一起跳到斗篷上，开始激活能量。地面依然在晃，他们集中精神的时候，几乎无法保持平衡。

鸟人试图帮助他们保持平衡，他们一起飞起来了，但由于他太虚弱了，又立刻坠落到地面。一群乌鸦立刻朝他俯冲过来，想抓住他，双胞胎及时掉头，将他抱上斗篷。鸟人瘫倒在斗篷上，很感谢双胞胎再一次救了他。

他们朝山下滑翔，不敢飞得太高，怕被恶魔蝙蝠看见，虽然恶魔蝙蝠似乎已经在一片混乱中跟丢了他们；也不敢飞得太低，因为有太多笼子从山坡上滚下来。突然，他们看见了戴维和阿拉米达在下面的斜坡上，戴维高举雷电之灯，朝向天空。

“恶魔蝙蝠，不要伤害我的朋友！”戴维勇敢、自信地叫道。从灯里发射出一道能量之光直射恶魔蝙蝠和他的同伙。蝙蝠们发出尖利的叫声，这股力量让它们四散奔逃，双胞胎没有回头看恶魔蝙蝠到底怎么样了。

“灯在蝙蝠洞里。”雅克对戴维喊道。

“快走！”戴维回答了一声，用他的根抓住阿拉米达，协助她尽可能快地和他一起返回蝙蝠洞，而其他几个伙伴则坐着斗篷飘落下来。

他们聚集在本来是蝙蝠洞洞口的位置，五个伙伴停下来大口喘着气。洞已经塌了，但第二盏灯依然在里面，他们现在能做什么？只有戴维还剩余一些力量，他的灯刚刚已经证明它的力量了。

“你能用你的灯制造一个新的入口吗？”雅克问他。

“我试一下。”戴维说，又把灯举向天空。它冲洞穴的入口放出雷电，一阵巨大的爆炸过后，一个洞出现在山坡上。

“你能跟我一起去吗？”雅克问鸟人，鸟人点点头，光能量的爆发似乎让他好一点了，他现在能自己站着了。

“坎达丝和阿拉米达、戴维留在这里。”雅克说道，而他和鸟人打算一起进洞寻找，“你们最好藏起来，警惕恶魔蝙蝠。”

当他们进入黑暗的洞穴，雅克问鸟人：“你记得你把灯放在哪里了吗？”

鸟人摇摇头，但一颗特别的能量种子从雅克的口袋里飞了出来，直接飞到他们面前，它是亮橙色的，是忠诚之种，它似乎知道该往哪里走。

洞外，坎达丝和戴维正努力站稳，因为地面一直在晃个不停。一些笼子的锁坏了，被蒙面的人从里面爬出来，绝望地寻找地方躲起来。阿拉米达已经非常虚弱了，她只能躲在一个图巴后面以免被笼子撞到。

又过了一会儿，三个人注意到洞里亮起一道奇怪的光芒，一个白色的像鸟一样的人飞了出来，他的手里有一盏不一般的黄铜提灯，灯上还有银丝缕成的复杂图案。鸟人原先的羽毛褪去了，现在他身上披着一件色彩斑斓的袍子，就是这件袍子使他能够自如飞行。雅克则还是依靠斗篷飞翔。

“我们发现风之灯了！”鸟人高兴地大喊，他和雅克在戴维和坎达丝的身边着陆。

“让我们试试看把灯的能量结合起来。”戴维说，两个星星使者启动风之灯和雷电之灯，一种异乎寻常的能量奔涌出来，地面停止颤动了，风平息了，天空重新澄澈起来。恶魔蝙蝠踪迹全无，一群群小蝙蝠聚拢起来，夺路而逃，它们受不了这灯的光芒。

坎达丝跑过去给了雅克一个大大的拥抱。“你好吗？”她问，之前他们消失在洞口时，她突然就很害怕，也许她会失去她的哥哥。现在他们重聚在一起，她终于松了一口气。然后她也看了看鸟人，鸟的蒙面已经完全从他脸上脱落了，一个个子不高但很和蔼可亲的年轻小伙子站在她的面前。

“我是嘉德，自从我的父亲被蒙面之后，我就成了保管这盏灯的星星使者，”他说，“我一直等着这一天，能使用灯的能量来履行我的职责，被蒙面的人受了太多苦，请让我现在解救他们。”

等不及别人的回答，他便开始念诵密语来激活风之灯：“风，风，风，吹醒我的身体和灵魂。吹走所有的暗能量，让我的心充满力量！”

他一边说，一边望向天空，两只手高举，在一阵耀眼的橙色和黄色的光芒中，露出他美丽的羽衣。当他激活能量时，强风翻滚，翅膀上方有小火花迸发。

“我的心现在强壮无比。”嘉德对其他人说。

带着两盏灯，这支队伍在笼子中间穿行，解开门锁，放出囚犯，被蒙面的人收到他们的能量，都变得明亮起来。

“太惊人了！”坎达丝说，“每个人都能感受到能量，但我不认为他们能真正获得解救，他们仍然被蒙着面。”

“阿拉米达在哪里？”雅克突然问。

一阵内疚涌上坎达丝的心头，在兴奋中，她完全忘记了那个女孩。四处找寻一番，雅克发现她躺在一个大图巴后面。

“你受伤了！严重吗？”他问，叫来其他人帮忙。队伍围拢在阿拉米达身边，只有坎达丝退到了后面，极力掩藏她看到雅克对女孩的殷勤而生出的嫉妒。

阿拉米达的腿伤得很重。

“我们何不试试用灯的力量治疗她？”戴维建议，他和嘉德集中精神凝聚能量，让他们高兴的是，阿拉米达的腿立刻痊愈了。她感觉舒服多了，可以继续上路了。

“你真是太好了，嘉德。”阿拉米达说，“谢谢你的帮助。”

“我只是尽我所能。”嘉德说。

“你愿意和我们一起找另外几盏灯吗？”戴维问，“我们需要找齐七盏来自能量城市的灯。”

嘉德看上去对这个要求有点儿迷惑不解。“这里的人会怎么样？”他问。

“他们得去躲一躲，”雅克说，“我们只有找到所有的灯，才能帮助他们。”

“我不知道……”嘉德说，他想帮忙，但他不敢许下无法实现的承诺，他的性格里不包括勇气和信心。

“让我来解释一下……”坎达丝说，她告诉他关于克瑞丝塔、能量树和七盏灯的来龙去脉，她告诉嘉德他们很需要他的帮助。嘉德有一颗柔软的心，所以他无法拒绝。坎达丝打开灯钥匙的第二格，嘉德举起灯，就像上次那样，嘉德的灯立刻迸发生机，它橙色的光芒注入格子。现在七个格子中的两个都发出明亮的光来。

“我们最好尽快离开，”雅克说，“在恶魔蝙蝠回来之前。”

嘉德领路，这支队伍又出发前往下一个能量城市。

*****

野兽女王在野兽世界拥有至高无上的权力，她谁都不相信，也不允许任何一个野兽变得强大。鹦鹉兽总是努力取悦她，但那只不过是因为怕自己被她变成石头。它不像那种半人的蝙蝠小兵，它们倒是对残暴的女王忠心耿耿。鹦鹉兽怀疑那是因为它们共享了她无情的本质。

恶魔蝙蝠向女王汇报了在山上发生的一切，鹦鹉兽看到她对蝙蝠头头，即恶魔蝙蝠大发雷霆，它简直乐不可支。每次看见她对恶魔蝙蝠发脾气，它总是很高兴，虽然这种情况通常很少，但只要她冲他发完脾气，她发泄在其他动物——譬如像鹦鹉兽这样的动物——的怒气就会减少。

“你怎么会输给那些蠢孩子？是什么让你没法从我们的敌人那里抽取能量？”她对恶魔蝙蝠狂吼，“你有什么好说的？”

“对，快说！”鹦鹉兽附和道。

恶魔蝙蝠不理鹦鹉兽，低着头，一言不发地听着野兽女王的怨言。然后他凶狠地抬眼望着她。

“当洞穴倒塌时，我失去很多小蝙蝠。”他的嗓音十分低沉，“这些人类正在聚集能量，以为打败他们很容易，那是自欺欺人。”

随后，他转身离开，朝崩塌的蝙蝠洞穴飞去。几百只小蝙蝠尾随其后。

“你的力量去哪里了？”女王在他身后喊，“你真的比那些半大的小子强吗？”

但第一次，恶魔蝙蝠头也不回地飞走了。

野兽女王生气极了，她使出了蒙面的力量，把一只缀在后面的小蝙蝠和一只正从天上飞过的老鹰混合在一起。她这样做的时候，她的斗篷落到一旁，露出她肩膀上的两只角。当她开始蒙面的时候，角发出黑光，直到法术结束，光才黯淡下去。在她使用能量的时候，她清楚地感受到自己的疼痛，她的脸变得更苍老，头发变得更灰白了。她把弱小的蝙蝠变成了更为强大的一种生物，它们的脚甚至比老鹰更有力。目睹这一切的鹦鹉兽非常害怕，因为它知道野兽女王需要一点儿时日恢复自己的力量，所以要躲进石塔了。

第五章　邪恶魔法

嘉德告诉大家下一座要去的能量城市，名字叫鲜花城，现在是他带头，因为他去过那里，知道该怎么走。大约走了两个小时，队伍到达了一条小溪边的林间空地。夜色即将降临，在和恶魔蝙蝠及他的喽啰激烈战斗后，他们失去太多能量，早就筋疲力尽了。嘉德和戴维采了一些坚果和水果当作大家的晚餐。愉快地吃了一顿饭后，他们席地而卧，立刻进入梦乡。

第二天醒来，坎达丝建议他们一起激活一次能量，以便继续后面的旅程。

“让我们坐下来，集中精神想一些好的事情。”坎达丝柔和地说，她想起了家人和昔日平静祥和的时光，其他人也都纷纷专注于想一些快乐的事，但坎达丝注意到雅克无法一心一意。

“雅克。”她说。

每个人都看着雅克，让他很不自在。

“我挺好的。”他说，但他就是无法做到专心激活能量，于是站了起来。“我们必须走了。”他说。其他人跟着他走出了林间空地，坎达丝落在后面，她情不自禁地希望自己能快点儿回家，她思念她的家，虽然一直在走，但巨大的悲伤让她的心沉甸甸的。

又过了很久，他们来到一座高耸的钢塔前，双胞胎从来没有见过这样的建筑。“这座塔是什么？”坎达丝大声问。

“我不知道，但我们可以爬上去看看我们的周围。”雅克边说，边开始登塔。爬到一半，他停下来往路上张望，坎达丝和阿拉米达争先恐后地跟了上去。

“这座塔以前一定非常有名，”阿拉米达说，“过去人类在他们的城市里过着幸福的生活，他们从未想到有朝一日一切都会消失。”

突然，一群被蒙面后变成狼的人出现在路上，随后聚拢在塔下。每头狼都有锐利的黄眼睛。包围他们的狼越来越多，雅克和坎达丝从塔上跳了下来。

“我能感受到你们拥有能量，为什么不和我们分享呢？”一头可爱的白狼对着雅克扑闪着她长长的眼睫毛，催促道。伙伴们都沉默了，雅克则在思考如何脱身。

“我们不能把我们的能量给你们，我们需要留着它们和野兽女王战斗。”戴维勇敢地说。

“我不认为你们这些小娃娃能打败她。”一头老一点儿的狼说，朝他们露出他的尖牙，“我们现在就需要你们的能量，给我们，否则就把你们杀光。”

嘉德的脸顿时变得煞白，他被这些狼恐吓的言辞和尖利的牙齿吓坏了。

“让我们使用我们的能量和他们战斗吧！”雅克勇敢地说，希望能把狼群吓跑。

但坎达丝上前一步。

“让我给你一些我的能量吧。”她和气地说，她看出在这两头狼后面，其余的狼都已十分病弱，有两只小狼还在痛苦地呜咽。

“如果我们得不到能量，我们很快就会彻底转变成图巴。”那头老狼说着，后退了几步，突然坐倒在地，似乎他已经气力全无。

“坎达丝，别这样！”雅克警告道，但是坎达丝不理他，她拿出一颗能量种子，将它的能量洒向狼群。当她施与力量的时候，她的脸色变白了，但狼群振奋了起来，高兴地踱来踱去，所有的狼都感谢坎达丝的仁慈。

“我们会牢记你的帮助。”老狼说，狼群准备离开了，老狼又回头对坎达丝说：“去和女王战斗吧，我们会等你们回来。”

坎达丝很高兴她能帮到忙，雅克对妹妹皱皱眉，但嘉德说：“你非常善良，也很勇敢。”

“谢谢，”她柔柔地说，“可我的哥哥似乎不这么想。”

雅克耸耸肩走开了。嘉德有点儿尴尬地清了清嗓子，他又扭头看坎达丝，但坎达丝并不看他。嘉德把手插进了口袋，转身带他们继续赶路。当他再次往后瞥的时候，跟在后面的坎达丝忍不住微笑了，只是这笑容藏在她兔子面具的背后。

走着走着，大家发现了许多深色的被蒙面的花，这些玫瑰都是黑色或者深蓝色的。他们还看到一些变形的风车，它们中的一些是由巨大的黑色蝴蝶女子控制的，她们拼命扑打翅膀制造出风。这一带的图巴形状都很美，就像艺术品一样，有些看起来像石头雕的花。

“这里的人以前一定很时髦。”戴维笑着说。

他们能看到城市的大门了，门口有两尊巨大的雕像，一尊是巨蛇，一尊是一头狂暴的公牛。在雕像底部长着一排排深红色的花。

“那些被称为金星捕捉花，非常危险，千万别靠近。”戴维说，“它们能吃小动物，甚至能吃你和我。”

这些植物不断地把嘴巴张张合合，试图抓住它们的早餐。

一堆被蒙面的人躺在大门口，眼睛里全无希望的神采，有些人还被混合蒙面在另外两种生物里，前后各有一个样子。制造出这些双面生物让野兽女王很高兴，但这些可怜的生物却极度渴望逃离她的残酷桎梏。

“我觉得这座城市情况很糟。”阿拉米达轻声说。雅克将手放在她的胳膊上做出保护的姿势。坎达丝看到了，但她没说什么。戴维正在告诉他们关于鲜花城的事情，他似乎对野兽世界很了解。

“这里的人崇拜邪恶的蝴蝶女王，他们是自愿成为她的奴隶的，他们将所有的能量都献给了她。”戴维说。

“但他们为什么这样？”雅克问。

“为野兽女王服务的蝴蝶人提供人类渴望的一切。”

雅克和坎达丝奇怪地看着他，戴维深呼吸了一下，但并没有解释下去，只是耸耸肩说：“也许因为你们是从一个那么纯净的世界里出来的。”

双胞胎互相看看，更糊涂了，但戴维没有深入解释，他继续前进，其他人都跟随其后。

当他们步入城中，天气突然变得暖和起来了，一座美丽的花园里薄雾缭绕，到处都是五彩缤纷的花朵。他们走近一些，看见许多花朵事实上是被蒙面的男人，形状奇特的蝴蝶女子围绕着花人飞翔舞蹈，那些花人散发出强烈的气味，蝴蝶女子在他们周围产卵。这种好闻的味道让几位旅人十分放松，周围愉悦的气氛令他们备受鼓舞。

“这里看上去真有趣！”戴维说，大笑着，戏耍般地舞动他的根。雅克也深以为然，开始胡闹起来，三个男孩不假思索地跟着蝴蝶女子手舞足蹈，并跟着她们走向一条河，河水如此凉爽，诱人无比，男孩们突然感到好热，情不自禁地脱下衬衫，打算跃入河里。

坎达丝和阿拉米达比三个男孩警觉得多，发现不对劲，坎达丝立刻发出警告，用一颗能量种子照亮被薄雾笼罩的四周，以便看得更清楚。在亮光下，女孩们看到所有的蝴蝶女子都变形了，她们彩色的翅膀上全是黑色的斑点。而且那条河里流动的根本不是水，而是熔浆。

“雅克，停下！”坎达丝惊恐地大叫，“小心！”

听到她的呼喊，男孩们转过身来，在光的映照下他们也看清了情况，他们呆若木鸡，震惊不已。

“如果我们跳进去会怎么样？”戴维严肃地问。

与这种新危险擦肩而过，让每个人都吓坏了，气氛顿时凝重起来。“我想我们最好小心点儿，”嘉德沉默很久后说道，“我不知道是怎么回事，但必须小心，有什么东西让我们失去了理智。真幸运，女孩们没有昏了头，你们救了我们的命。”

雅克龇着牙，过了一会儿才喃喃地说：“谢谢你们，谢谢你们二位。”

“我们需要看得更清楚，”戴维说，拿出他的灯，“我们得记住我们到这里的目的就是找到第三盏灯。”

他们情绪低落地排成一行走着，雅克走在最后。

当他们接近小镇的中心时，看见一群花人好像喝醉了一样，跌跌撞撞地走着。还有一些花人坐在火堆边，正吃着某种植物，他们显然很享受他们的食物。

他们头顶的树上有成串的蝴蝶卵。戴维对双胞胎解释，这些卵不久就会孵出毛毛虫，或者更确切地说是毛毛虫人类，他们什么都不会做，只会吃，然后他们会织茧，再过一段日子蝴蝶就破茧而出。

“他们正在期待新蝴蝶公主的诞生，”嘉德向大家解释，“当公主变成蝴蝶女王，老女王就要告别宝座，这是这座城市的规则。”

几百个蝴蝶女子围绕着一个穿着鲜红色上衣的高个子强壮花男，受到这么多关注似乎令他很骄傲，却完全没注意到蝴蝶们正以他为食，很明显在吸取他的能量。

雅克他们躲在一些花朵图巴之后，观察着眼前的事。他们看见这个高个子花男从一只蜜蜂那里取了一些黑色的蜂蜜。他喝了之后好像立即恢复了一些能量，这样可以让蝴蝶女子继续把他当成食物。他的头高傲地昂着，蝴蝶们都在为他欢呼，这让他得意扬扬。

“你觉得他会是星星使者吗？”戴维对嘉德说，“他有很多能量。”

“他这么奇怪，怎么会是星星使者？”雅克很怀疑，但一颗特别的能量种子已经从他口袋里跳了出来，在他的身旁激动地蹦跶。

“也许他被蝴蝶女王迷惑住了，所以对真实的状况视而不见。”戴维猜。

“让我们查明真相。”雅克说，他马上就想行动。

但坎达丝拉住了他。“先等等，再看看。”她说，并嘱咐小队其他成员都轻手轻脚，切勿被发现。

就在这时，他们看见邪恶的蝴蝶女王来到花人面前。在花人的眼里女王无疑是十分美丽的，但对小队成员来说，她看上去既黑暗又邪恶。她被蒙面的脸和身体都用精美的首饰装饰着，然而她看上去很焦虑。也许是因为她知道很快就要把宝座让给新人了。

“茧怎么样？”花人问女王，当簇拥他的蝴蝶一哄而散后，他开始精心梳理自己的头发，让它变得顺滑。女王没有回答，但她的花人随从说：“公主马上就要出生了。”

“那么你一切都好吗，我的女王？”他甜甜地问。

“我是来获取你惊人的能量的，亲爱的！”她恭维地说，“过一会儿我就会给你我的蜜。”

花人似乎很满足于提供她所要求的东西，显然女王的关注对他很重要。女王开始贪婪地吮吸他的脖子，抽干他的能量。花人越来越虚弱，突然意识到了危险。他发现所有的蝴蝶女子都在盯着他，但现在她们并不崇拜他。

“今天我会夺走你所有的能量，然后把你变成石头。”女王在他的耳边咆哮，试图紧紧扼住他的脖子。

“我仰慕了你这么长时间，我的女王。”花人反抗道。

“那就把所有的能量都给我吧！”蝴蝶女王说，“这可是你最后一次给我提供礼物了。”

“我不想变成石头！我甚至给了你我的灯来维持你的能量，我尽我所能帮你，你居然要把我变成石头？”

花人竭力挣扎，却无法逃脱。正在这时，几个偷窥者看见所有的毛毛虫和蝴蝶都呈现出她们邪恶的姿态，很多都停在花人身上，像女王一样吸取他的能量。

同时，旁边的一棵树上，一个茧正在裂开，一只看上去很奇怪的黑色蝴蝶慢慢爬了出来，试图飞起来。

“好丑！”坎达丝惊讶地叫道。

“她会比女王更强大的，她是来取代她的。”戴维说。

“我们应当救花人。”坎达丝对雅克说。

“怎么救呢？有这么多蝴蝶。”

“我有个主意。”戴维说。他站起来迅速挥舞他的根，像鞭子一样打断正在吮吸花人的女王。女王向后退去，周围所有的蝴蝶女子都飞到空中，当她们意识到发生什么的时候，便一起冲向戴维和他的伙伴。在一片混乱中，雅克和坎达丝设法把花人从蝴蝶群中拖了出来。

“你是这儿的星星使者吗？”坎达丝立刻问，这时雅克已经回身去帮助别人一起战斗了，“我们正在找这座城市的灯，你能帮忙吗？”

花人惊讶地看着坎达丝，他见到了一个小仙女似的女孩，也很惊讶地看见她的能量种子飞过来，在他身边盘旋。

“你是谁？”他狐疑地问。

“我是克瑞丝塔人。”

“哦，你真的是从克瑞丝塔来的？你有翅膀吗？”花人似乎很高兴，坎达丝点点头，给他看自己的小翅膀。为了确定他到底是不是星星使者，她又坚定地重复了一遍问题。

“是的，我是最好的星星使者。”他说，骄傲地站直了身体。“我是费迪，空之灯的主人，但现在我不再拥有它了，兔子小姐。”他悲哀地补充道，“我把它献给女王了。”

“我不是兔子。”坎达丝说，脱下了面具，“为什么你给她灯，你知道她放在哪里吗？”

费迪被坎达丝自然的脸庞所吸引，盯着她好一会儿，坎达丝等着他回答。

最后他说：“我知道在这里我比别人更强大，包括蝴蝶女王在内，所以把灯给她也没关系。灯可能被放在蝴蝶宫殿里了。”

“那么，让我们去取回它。”坎达丝温和地说，“宫殿在哪里？”

费迪说：“在悬崖边的瀑布上。”

坎达丝朝悬崖望去，发现离雅克他们和蝴蝶军团的战斗地点还有点儿远。

“我想我能得到灯，”坎达丝用心声和哥哥联系，“就在悬崖边瀑布那里，我现在就去那儿。”

雅克说：“等等我。”

“我们没时间了，”坎达丝生气地说，为雅克不信任她的能力而不高兴，“我们现在出发，等你能从这些怪物中脱身的时候，就跟上来。”

“等等，我马上跟你们走。”她的哥哥再次叫道，但坎达丝和费迪已经跑掉了，把雅克扔下和其他人一起继续和蝴蝶作战，这时又来了一小队蝙蝠，加入了战斗。

“让我们去悬崖，得到那盏灯！”雅克对嘉德喊，并指指悬崖。

“你怎么知道灯在那里？”嘉德问。

“坎达丝刚才告诉我的，我们能互相读心。”

“你们克瑞丝塔人真不可思议！”嘉德说，将一股能量对准重新聚集在一起的一群蝴蝶女子发射，她们一被击中，便四散奔逃。

“让我们飞过去。”雅克提议说，嘉德移动手臂，展开他的五彩羽衣。

雅克抓住嘉德，戴维也跑来抓住嘉德，嘉德试着拖两个人一起飞，但这个重量对他来说，有点儿过头了。“我不确定能不能飞起来。”他说。

“我们还得带上阿拉米达，”雅克说，“我们不能把她扔在这儿。”

阿拉米达看见嘉德拖着沉重的负担拼命飞，紧张得浑身发抖，但他们三个别无选择，只能紧紧抓住嘉德，他慢慢展开翅膀，缓缓飞行。

蝴蝶女王和她的手下紧追不舍，包围了他们，嘉德无法再飞了，他们全部摔到地上。雅克的头撞到一块石头，鼻子流血了。他被这种状况弄糊涂了，因为他以前从没有出过血。闻到血的味道，一些怪物都被吸引过来了。

“你好吗？”阿拉米达问，帮他驱赶那些昆虫。雅克点点头，但他很着急，想赶紧去帮妹妹拿灯。

坎达丝和费迪努力爬上高山向瀑布前进，他们到了一条由木板或树根一类的东西捆起来的步道，这条步道沿着山坡蜿蜒而上，坎达丝筋疲力尽倒在木头步道上，费迪伸手拉起她，一起爬到了山顶。

“为什么雅克还没来？”坎达丝开始有点儿紧张了，她又在心里向哥哥发出呼唤，“赶紧啊！”

在上坡的路上，坎达丝和费迪经过了许多奇形怪状的图巴，譬如树人图巴、花人图巴。看到这些被完全变成石头的生物，坎达丝很害怕。

他们是怎么失去能量的呢？为什么要放弃，不再反抗呢？她心里想着，想起她曾经亲眼看见一个青蛙人变成图巴的过程。

随着一声吼叫，两个被蒙面变成老虎的人从后面偷袭了坎达丝，费迪跳到她面前护住了她，坎达丝立刻拿出她的能量种子，明亮的光能量让这两个老虎人停止了行动，他们扭头跃回灌木丛里。

她依然没听到雅克的声音，开始紧张起来。

其实雅克离她并不远，而且也听到了妹妹的呼唤，但他们无暇分身，一边登山，一边和蝴蝶作战，他抽不出时间回应她。

“我们必须到达瀑布。”他对戴维喊道。

终于，雅克看见坎达丝和费迪在他们前面，他注意到坎达丝的脸色苍白，他发送了一道心声给她：“我跟你说过，不要把你的能量给那些狼。”

坎达丝很不喜欢哥哥那些夹枪带棒的话，她现在可不想听这些，她需要的是他的帮助。

小队在山顶会合，他们看到了瀑布，而瀑布后面就是蝴蝶宫殿的围墙了，他们就快到了。

但蝴蝶女王已经送信给野兽女王了，她考虑到也许自己帮助暴君俘虏了这些入侵者，她还能保住女王的位置。所以正当这支小队抵达他们的目的地时，他们最憎恨的敌人出现在他们头顶的天空中，她戴着一个黑色的蝴蝶面具，露出邪恶的微笑。

鹦鹉兽陪着女王，对下面的人叫道：“够了，快向女王行礼，否则我要了你们的命！”

恶魔蝙蝠也跟在后面，带着他一长串的蝙蝠喽啰。

随着一声尖利的命令，野兽女王指挥蝴蝶人集中攻击雅克，同时，她派遣了几只穿山甲蛇滚到他面前。想起这些丑陋的生物是如何到达他的世界并袭击克瑞丝塔的，雅克便披上了斗篷，防止它们爬到他的身体上，以进攻他的心脏。

野兽女王使用暗能量增加热量，让双胞胎、阿拉米达和星星使者们头晕眼花。然后出于恶趣味，她聚集了一队蝴蝶人，随着一簇火花，她把她们蒙面成蝎子，创造出可怕的变异生物。野兽女王随即加入战斗，让这些蝴蝶攻击费迪。

每个人都在竭力抵抗，但女王炙热的暗能量使他们气喘吁吁。

“太热了，我感到我要融化了。”嘉德担心地说。

“我们必须保持冷静，头脑清楚。”雅克用他的能量种子反击飞来的蝎子怪物。

“要么想象一下我们身处冰雪大陆！”戴维开玩笑说道，但这并没有鼓舞大家。“待在一起，让我们进宫殿。”他对大家说，同时将他的根挥向袭击者，保护其他人撤退到蝴蝶宫殿里。

他们越来越虚弱，野兽女王看到了机会，把一只牛蛙扔到戴维身上，试图蒙面他，但她失败了，牛蛙和戴维的能量撞在一起，烧了起来。野兽女王大怒，她召唤暗能量，顿时地动山摇，岩石纷纷滚落到山下的海洋里。大海咆哮翻腾，让这一地区的居民无不胆战心惊。

小队成员们感到无法坚持下去了，他们害怕会掉落山谷，许多被蒙面的花人正朝他们靠近，想要夺取他们的能量。戴维再次挥舞他的根，但其他人都已经无力战斗了。

在和蝴蝶交战的时候，费迪抬头看见他的灯就挂在蝴蝶宫殿的墙上。

“看，灯在那里。”他大叫起来，“但我们怎么才能拿到它？”

“在我们被热死之前，必须拿到灯。”雅克喘着气说，“嘉德，你能飞上去拿到它吗？”

“我不知道。也许行，也许不行。我只剩一点儿能量了。”嘉德犹豫地说，他很害怕会让小队再次失败，雅克也已经虚弱到无法使用斗篷了。

“我们没别的办法了，让我爬到你肩膀上去拿灯。”雅克对嘉德说，其他人围拢过来支援他们，但嘉德太矮了。

费迪是最高的一个。

“为什么不站在我的肩膀上？”他主动要求。

雅克站到费迪肩上，但他还是够不到灯。

“就站在那里，”坎达丝对哥哥说，飞快移动过来，“我能爬到你肩膀上。”

雅克不太相信妹妹能做到，但他来不及说什么，她就已经越过费迪，并爬到他的肩膀上了，她够到了，一把抓住了灯。

就在这时，一只巨大的蝙蝠飞过来，从坎达丝手上夺走了灯，她失去平衡掉落下去，扯得几个人都随她一起坠入瀑布，眼见灯掉进了他们身下的大海，坎达丝头晕眼花，就在这时，费迪设法抓住了雅克，但没有抓住坎达丝。戴维用根缠住了嘉德和阿拉米达，他们正一起在空中翻滚。

当坎达丝往下掉的时候，野兽女王对恶魔蝙蝠叫道：“抓住她，把她带来见我。”

同时，雅克也将斗篷朝坎达丝掷去。“抓紧了，别松手！”他命令道。

当坎达丝伸手去抓斗篷时，她的灯钥匙掉了出来。雅克用右手接住了钥匙，左手紧紧抓着斗篷，以及斗篷那一头的妹妹。恶魔蝙蝠和野兽女王一起俯冲下来，用力抓住了坎达丝。

“坎达丝！”雅克呼唤道，但邪恶的野兽女王和她的蝙蝠跟班已经飞走了，鹦鹉兽用嘴啄了几下雅克，但并没造成什么伤害，便也飞走了，还回过头来残忍地冲他们一笑。

“感谢这个女孩，她会给我们的队伍增加一个好成员的。”接着鹦鹉兽扭头对女王说，“伟大的胜利属于伟大的女王！”可是女王唯一的反应就是把它像一块抹布一样一脚踢开了。

女王走了，炎热消散，海水平静下来。雅克没能救下他的妹妹，虽然他在坠落的时候依然抓着钥匙和斗篷。

他和他的伙伴似乎沿着瀑布无穷无尽地下坠，最终他们掉进了海里。巨大的冲力让他们沉入海里，雅克的身体穿过黑色的海水，他的脑子一片空白，在失去了他的妹妹之后，他感到一片麻木，他试图用心灵去和坎达丝交流。“你好吗？你在哪里呀？”但他没有得到答复。

一个接着一个，队员们浮上海面，除了雅克。其他人都设法登上一块突出水面的巨大岩石。戴维发现雅克一直没有露面，就重新潜回海里找他，他看见雅克正朝一个又深又黑的洞里漂去，便把自己的根扔过去缠住了雅克的身体，很快把他拖出了海面。

整支队伍在岩石上重聚，他们浑身又湿又累。在他们思考下一步做什么之前，他们察觉到周围的海面有些骚动，几个东西正朝他们游过来，等再靠近点儿，他们看出原来是之前遇到过的乌龟一家。大家高兴地互相问候，乌龟妈妈依然记得是坎达丝帮助了他们。

“为了那个女孩，我们要来帮你们。”她说。于是，每个人都坐在一只乌龟的背上，随着潮汐往陆地而去。

雅克的心情从来没有如此糟糕过，他居然没能救自己的妹妹。“我怎么能失去她？我妈妈要我把她安全带回家的。”他想着，紧紧抓着斗篷，回忆起自己对坎达丝的种种不友好，他更难过了。我再也听不见她的声音了，他想，深深地叹息着。

在大战中费迪的蒙面已经解开一半了，所以一半的脸露了出来。他真是阿拉米达见过的最英俊的人了。一颗能量种子从雅克的袋子里蹦了出来，飞到了他的头上，这是节制之种。阿拉米达害羞地询问这位新露面的星星使者的名字。

“我是费迪，愿为你效劳。”他说着深深鞠了一躬，似乎认为自己是世界上最尊贵的男人。他注意到阿拉米达冷得发抖，就绅士地脱下自己的红外套给了她，她欣然接受。

“那么你们这些人是谁？”费迪问，他们现在随海浪缓缓而行，海浪平静，海水清澈，“那个仙女说，你们是克瑞丝塔人？”

戴维向他说明了雅克和坎达丝的使命，他们要收集灯。

“为什么你不拉住我的妹妹？”雅克突然恶狠狠地问费迪。

费迪很震惊，不知道说什么好。

“什么事都有解决的办法，我们会找到的。”戴维对雅克说，试着让他平静下来，“我们会有办法救她的。”

“如果你认为这是我的错，我一定会把她带回来的。”费迪傲气地说。

“我们会一起去救坎达丝。”戴维说，“别着急，女王真正要的是我们。”

雅克一声不吭，他已经失去了所有的能量，以及所有的兴致。事实上，他知道坎达丝被抓根本不是费迪的错，他责怪自己却拒绝承认。其他人也和他一样垂头丧气，他们在战斗之后非常疲倦，太阳落山了，夕阳斑斓的光芒反射在海面，但没有人提得起兴致欣赏眼前的美景。他们寂静无声地休息着，任凭乌龟家族带着他们随海浪荡漾。

第六章　悲惨的损失

乌龟的背上驮着这些冒险者，向河口游去，逐渐靠近村边的河岸。这时，戴维突然发狂大叫起来："哎呀！"有什么东西咬了他的脚。

"我的脚好疼！"他叫道，"是什么东西？"

他把脚从水里抬起来，看见一只虾正挂在上面。"什么呀？"他一边叫，一边把虾甩开。除了雅克，每个人都笑了。

水变浅了，所以大家从龟背上下来，并感谢乌龟人这一路的帮忙。当乌龟人游走后，小队成员便涉水向岸上而去。村子那一带十分嘈杂，一些长得像野兽一样的人似乎正在河岸边钓鱼。

"嗨，"嘉德叫道，"那是……"

突然，他们的脚都被什么绊住了，让他们站立不稳倒在一块。很快，他们发现自己被一张巨大的网罩住了，旁边多了一群奇形怪状的鱼、龙虾和章鱼。

阿拉米达刚想把费迪借给她的外套还给他，但由于他们都摔倒了，外套掉进水里漂走了，外套在网的外面，而网正被拖上岸。

"我的外套！"费迪大叫，他不顾一切地伸手去抓外套。那件漂亮的外套，能让他看上去像一个王子，而此时他就要失去它了。其他人都注意到他的狂躁不安，但没法说什么，因为他们几乎不敢相信在这性命攸关、还不清楚敌人是谁的情况下，他更在意一件外套。

“我们被抓住了！发生了什么？”嘉德害怕地说。

“别担心，我们有灯，等到了岸上我们就能激活能量。”戴维说，试着鼓励大家。

他们被拖上了岸，在那里他们看到一排排的网被放置在河里，所有游过的东西都会被捕获，罩住他们的网只是其中一个。像野兽一样的人有的在拉网，有的在卸网，雅克注意到有守卫在这一区域巡逻，他们戴着青铜的头盔，身上的盔甲还镶满危险的鱼钩。

“让我们静静等着，看个究竟。”费迪说，打起全副精神应付当前的困境。当他飞快转动大脑思考逃走方法的时候，雅克依然静静坐着，闷闷不乐，担心着坎达丝。

“看！他们对他们的猎物不错。”费迪高声说。渔夫正在把捕获到的猎物分类，并给它们喂一种看上去像红色泡泡的食物。网松开了，渔夫把这些新猎物带到岸边的一个小木屋里，他们奇怪地望着星星使者们和雅克，显然他们和网里的其他猎物看上去很不一样。

“这些东西在吃什么？我们要不要吃一点儿？”嘉德好饿，但他对食物很谨慎，他永远忘不了当他被关在笼子里时，被迫吃的那些有毒的食物。

现在轮到他们吃泡泡食物了，地面突然摇动起来。渔夫手里装着食物的篮子掉了，红色的泡泡被甩到地上，顿时发出嘶嘶声，然后融化了。戴维有了一个不好的预感，回想起当初他们这些男孩险些葬身于熔岩池，他就怀疑这些食物是同一个把戏，看上去很诱人，实则暗藏杀机。他确信这不是能吃的东西，不一会儿，他看到一些被蒙面成虾的人，他们吃了这种食物，就气力全无，全躺在了地上。

“瞧！”戴维指着他们，对其他人说，“食物里有毒。”

“我打赌一吃就会失去所有能量。”嘉德颤抖地说。

烟从附近的山上升起来，地面又开始摇晃起来。那是一座火山，似乎马上就要爆发了。它发出隆隆的声音，整座村子都震动起来。小队成员的注意力被一群蒙面成兔子和猪的人吸引，他们正从火山那边跑过来。兔子似乎一直生活在山坡上草丛的洞穴里。被长长的野草半遮半掩的是一排排的图巴，有的是章鱼形状的，有的是其他大小和颜色的海洋生物。

“我们最好离开这里。”费迪看着一排排的图巴说。

“如果可以，我也希望这样，”戴维说，“但我几乎站立不稳，更别提跑了。”

然后他们看见一个女孩，一半是人的样子，一半是鱼的样子，领着一群被蒙面成鸡的人。“我的朋友们，请待在这里藏起来，”她告诉他们，“让我去看看发生了什么。”似乎她正在帮助这些被蒙面的人，对待他们十分亲切。

“别伤害他们。”鱼姑娘对野兽守卫说，带着一种权威的语气。

“她一定是某个特殊的人。”戴维轻轻对雅克说，雅克还是一言不发。

鱼姑娘看了一眼雅克和他的朋友，那时他们正蜷缩在屋檐下。戴维立即不作声了，希望她没听见他刚才说的话，而女孩什么都没说，匆匆离开了。

雅克不住地用目光逡巡着藏身所之外的地方，不远处，他看见一队人正在不知疲倦地工作，一些人正把石头雕成雕像，而另一些人正打造一些和守卫戴的一样的青铜或黄铜面具。他们都被严加看管着，显然是奴隶。

雅克把父亲的斗篷裹在肩膀上，考虑着如何营救坎达丝。“我怎么去石塔？”他问戴维，“野兽女王一定把坎达丝带去那里了，我必须去救她。”

“如果现在去，我们的力量还不如女王。我们都很虚弱，雅克。”戴维说，“我们需要想一个办法，但不能冲动。”

“石塔离这里很远，而且那条路非常危险。”费迪提醒道。

“我不在乎有多危险。”雅克怒气冲冲地说，“就是你置坎达丝于险地的。”

“你也在那里。”费迪反抗道，“为什么你一直责怪我？”

“停，请别这样！我们得好好想想下一步，而不是争论不休。”嘉德第一次大声地说话，大家都不吭声了。

雅克不再说话了，一遍又一遍转动着手上的灯钥匙。他抬头看看天空，想起旅途之初他对妈妈保证过的话，一定会把坎达丝安全带回家。失去妹妹的惶惑让他措手不及，他从不知道失去家人会如此孤独。

“我们是一个团队，雅克，我们已经同意提供我们的灯能量来帮助你的人民。”戴维安慰他说，“我们会帮你救回坎达丝，你必须相信我们，如果我们不齐心协力，就会失败。从你要求我们帮助你那时起，你就知道这件事不能单靠你自己，所以现在让我们证明自已的能力吧。”

“最好睡一觉，如果要挑战女王，我们要保持旺盛的精力。”嘉德说。

其余不需要多讲，筋疲力尽的他们倒在木屋里，很快就睡着了。而早在他们谈话的时候，鱼姑娘便已悄悄潜回，想要发现新来的人到底是干什么的，她匍匐在木屋外面，听到了所有的谈话。

*****

坎达丝晕过去了，她被恶魔蝙蝠带走，当她睁开眼睛的时候，他们已经快到石塔了。石塔是由成百上千各种形状和颜色的石头堆砌起来的，从山的一边拔地而起。恶魔蝙蝠从靠近山顶的一个洞穴般的大门进入，山顶的形状就像一头巨大的公牛的脑袋。

塔里一片黑暗，到处都是连接在一起的隧道，一些看上去更长一点，坎达丝注意到那些比较短的隧道里塞满了图巴。她想它们一定等着被填充进塔顶，因为这座建筑到现在依然没有完工。

恶魔蝙蝠往下飞入一条蜿蜒的、似乎永无尽头的隧道。墙上镶着石头的心脏，大部分都是黑色或深蓝色的，间杂着一些红色的。被挟在大蝙蝠的翅膀下，坎达丝能看见隧道顶有一些被蒙面的人正俯视着她，他们被愤怒和绝望折磨着，却发不出任何声音，整个地方又冷又寂静。

最后，恶魔蝙蝠停下了，把坎达丝放在一个房间里，房间里摆满了黑色的公牛石像。他一言未发便消失在黑色的走廊里。坎达丝环顾四周，这里的墙壁也是由石心砌成的，就像隧道里那些一样。

坎达丝靠近了一些，看到每颗石心上都有一个名字。她沿着通道一路走着读着那些名字，一个接着一个。所有这些人都被变成了石头，他们的心也被邪恶的野兽女王窃取，一阵深深的愤怒感从她的心里生长出来。

突然，她停了下来，一块鲜红色的石头上写着阿拉米达，而它旁边还有一块红色的石头，名字是阿拉瑞莎。她四顾无人，便伸手去抠这块石头，不一会儿，她就把阿拉米达的石头从墙壁中拔了出来，又通过同样的努力，把另外一块也弄了出来。她把两块石头小心地放进衣服口袋里。

突然，坎达丝感到十分疲惫，这个地方充满了暗能量，而自己的光能量正在流逝。她的身体颤抖起来，她跌坐到地上，从没有感到如此虚弱过。

就在那一瞬间，坎达丝仿佛听见父母的声音："坎达丝，亲爱的，请坚持。"她的妈妈鼓励着她，而她的爸爸在下达指示："试着集中精力，激活能量，德纳米！"

坎达丝试着召唤她的能量种子并激活，但她太虚弱了，无法动弹。她开始低声抽泣起来，眼泪落在她的掌心，她回忆起以前和雅克一起在雨中玩耍的情景，当她昏昏欲睡的时候，她感到母亲仿佛就在她身边给予她温暖。

她不知自己睡了多久，是野兽女王的声音将她从舒服的梦境拉回到噩梦般可怕的石塔里。女王正在斥骂恶魔蝙蝠，声音因发怒而拔高。

"这灯到底有什么用？"她对他叫道。

女王举起费迪的灯，试着激活，却没有成功。

“为什么我不能激活这盏灯？到底有什么秘密？”她不耐烦地喃喃自语，恶魔蝙蝠说不出话来。

鹦鹉兽已经注意到坎达丝动了一下，它对着她尖叫道：“向女王施礼，否则就把你撕成碎片！”

坎达丝不理它，一声不吭，仍然躺在地板上。

野兽女王的注意力转向坎达丝，“小公主已经醒了，我希望你打了一个愉快的盹。”她厉声说道，走到坎达丝面前居高临下看着她，“欢迎到我的石塔来！我确定你会喜欢这里。”

“你想从我这里得到什么？”坎达丝勇敢地问，她坐起来直面女王。

“告诉我如何才能激活这盏灯。”女王命令着，提高了她的声音。

坎达丝保持沉默。

“不管你是不是帮我这个忙，都不要紧。”女王说着，弯腰凑近坎达丝，用冷酷的目光直视着她，就好像一头野兽在盯着它的猎物，“我会不择手段得到你所有的能量，你再也见不到你的爸妈了。”

坎达丝害怕极了，她浑身颤抖，但依然一声不吭。

女王转身离开她，悠闲地朝房间的另一边走去，但坎达丝望着她那有些僵硬的背，猜想女王的故作轻松也是一个诡计。

女王停在房间角落的一张小桌子边，那里被阴影笼罩着，坎达丝看不太清楚，似乎女王正聚精会神地看着那边的一个什么东西。女王垂下手，抚摸着那个东西，最后她拿起了它，又转身走回坎达丝身边。

“你喜欢漂亮的玩具吗？”女王问，举起那样东西，原来是坎达丝的兔子面具。

坎达丝摇摇头，不由自主地往后退。

“不？”女王温柔地问，“那你为什么戴着它？”

“我……我只是……”坎达丝想不明白，她被女王突如其来的行为搞糊涂了。

“什么？你觉得它很漂亮？”女王问，“吸引了你的目光，是吗？”

“不！”坎达丝极力反驳，她的声音比她预想的要大。

“所以，它不漂亮吗？”女王继续甜甜地问。

“好吧，是的，它是很漂亮，”坎达丝说，“但这只是好玩而已，一个伪装，和你在人们身上搞出来的蒙面完全不一样。”一想到她一路上亲眼看见的那些生物，一阵恶寒席卷坎达丝的全身。

“确实。”女王果断地说，“它和我的蒙面无法相提并论，这只是孩子的游戏，是小把戏，骗骗人的。为什么像你这样一个纯洁、诚实的克瑞丝塔女孩，要耍这种花招呢？”

“你误会我了。”坎达丝说。

“哦，我明白了。”女王小声说，“但你也知道我是唯一一个能给你真东西的人，你一直在寻找的东西。”

女王对鹦鹉兽说：“把它们带上来。”

鹦鹉兽深深行礼，然后从门口消失了。当它回来时，手上多了一个巨大的笼子，它的目光越过笼子的顶部，瞥了一眼坎达丝。笼子里有几只小兔子，暖和的皮毛，小小的毛团，对身边即将要发生的事一无所知。

女王把手伸进笼子，拉出其中一只小兔子，一个小小的灰褐色的毛团。她走向坎达丝，跪在她旁边，怀里抱着那只兔子，出于本能，坎达丝把它抱了过来，并且开始抚摸兔子头顶和耳朵边柔软光滑的毛。

“它是个可爱的小东西，不是吗？”女王说。

坎达丝点点头。

“要知道，你能让它永远变成你的一部分。”女王说，站直了身体，然后毫无预兆地对着坎达丝射出一束能量。

一股温热的感觉涌向坎达丝的手指，让她的手缩了回去，她往下一看，手上沾满了血。兔子已经只剩下几根毛。

坎达丝尖叫起来，站起来看着女王。鹦鹉兽冲过去，扯着她的胳膊把她往后拉。

“发生什么了？”女王问，明显非常沮丧。

“看上去蒙面没有成功。”鹦鹉兽咯咯叫着。

“是的，显而易见，”女王咆哮道，“但为什么？发生什么了？”

“也许您应当再试一次？”恶魔蝙蝠建议。

女王怒气冲冲地绞着手指，鹦鹉兽又带来另一只兔子，放在坎达丝旁边。又一股力量从女王那里发射出来，直冲坎达丝，再一次，兔子消失了，只留下一些血和几根毛，坎达丝还是没有被蒙面。

被激怒的女王一脚踢翻笼子，兔子都逃窜了出去，在房间里散开，有几只急急忙忙跑到坎达丝身后躲起来。

绝望中，坎达丝试图在心中呼唤雅克求助，但四周的暗能量太强大了，她无法集中注意力跟她哥哥沟通，他似乎从她的脑海里消失了。

“你对我没用。”女王说，扭头而去，但又突然转回来对着坎达丝再次发射了一束暗能量，试图蒙面她，但依然只在她脚边留下一只死兔子。

看着四周的地板上全是血，坎达丝尖叫道：“住手！求求你！”

“为什么我不能蒙面她？”女王问恶魔蝙蝠，攻击性地伸出她黑色的长舌头。恶魔蝙蝠不禁向坎达丝靠近了一点儿。

“似乎她的能量击退了您的能量。”他的声音低沉、严肃。

“嗯，”女王喃喃自语，在房间里踱来踱去，手臂末端的蛇头充满威胁意味地挥舞着，“小姑娘，你就像你妈妈一样，你真的如此纯洁，甚至能抵御我的能量？让我们试试看你能坚持多久，我相信我一定比你有耐心！”

她对着恶魔蝙蝠说：“将她关在这里，她一定会及时改变主意的。”

“我们能使用蛇和蜘蛛。”恶魔蝙蝠建议。

“是的，”女王终于高兴起来，“看看她会不会喜欢我的小宠物。”

“用蛇和蜘蛛！得到她的能量，然后蒙面她。”鹦鹉兽兴高采烈地附和着。

恶魔蝙蝠离开了一会儿，带了一条黑色的蛇回来，这条蛇和坎达丝在森林里遇到的那条很像，在恶魔蝙蝠的另一只手里拎着一个大笼子，里面有一只巨大丑陋的黑蜘蛛。

“这是一条毒蛇。”他说，冷静地将蛇缠到坎达丝的脖子上。

坎达丝连连尖叫。

“住口！”野兽女王叫道，“如果你再发出一点儿声音，它就会咬你，你就会立刻死。”

坎达丝立刻闭上嘴巴。

“我的蛇会监视你，”女王继续说道，她把手放在坎达丝的脖子上，“记住，亲爱的，如果你敢说话，就立刻会死，我现在不能蒙面你，但我能冰冻你，你会失去所有的温度和能量。你无法激活能量，你的心和眼睛都会冻住，你无法看到你的家人，也无法感受到他们。”

坎达丝的脸色变得惨白，然后她的身体也一样，她感到自己变得冰冷，而且无法再控制自己的身体了，她害怕得想叫，但脖子上的蛇立刻有了反应扭动起来，她不敢叫了，泪珠从她眼眶里流下来，一瞬间就在脸颊那里冻住了。

女王大笑起来，恶魔蝙蝠又把蜘蛛在坎达丝身边释放，它也立刻工作起来，在她周围织了一张网，将她结结实实捆了起来。野兽女王很乐意折磨这个女孩，然后她无缘无故地把灯朝鹦鹉兽扔过去，灯砸在它的头上，它尖利地叫了起来。

正当坎达丝的身体因为寒冷而麻木时，她听见了哥哥的声音，似乎在很远很远的地方飘荡，或者那声音来自梦境。她现在无法听清，渐渐地，她甚至疑惑，想不起来这是谁的声音，她连自己是谁，身处何方都不知道，正如野兽女王所说的，她冻住了她的眼睛和心。

*****

突然，雅克惊醒了，他的心一片冰冷，在他的意识里，他听见了坎达丝的叫声。他感受到她的恐惧、痛苦和寒冷，他知道他必须立刻去她的身边，他必须去救她。

“坎达丝有危险！我感受到了。”他叫道，喊醒了其他人，他用心灵和妹妹沟通，“坚持住，我就来救你。”

他试图站起来，但他的脚在他睡着的时候被锁住了，他惊呆了，这怎么可能。

“发生什么了？”阿拉米达问，她坐了起来，其他人也发现他们的脚都被锁到一起了。

“我听见她在呼叫，一定是出什么事了。”雅克快疯了，他感到非常冷。每个人都不出声，感到无能为力，因为他们现在都被困住了。

“雅克，让我们激活能量，我们能从这里出去，也能把能量传递给坎达丝。”戴维建议。

嘉德几乎是乞求地补充道：“请一定要想清楚，你需要恢复你的光能量，这是唯一能让坎达丝保持强壮的方法，她会感受到你的能量。”

戴维看见四个被蒙面的鱼人来到了这座敞开的小屋，他们扶着一个戴着网面具的鱼妇人。从他们对待她的方式来看，似乎她是他们的首领，但她看上去病恹恹的，走路也非常困难。随从站在旁边，而鱼妇人进了小屋。

“你们是什么人？”鱼妇人问，她的身体摇摇欲坠，但她的声音却很平稳。

“你会放了我们吗？我想离开。”雅克不耐烦地说，只想着离开这里，这样才能去找妹妹。

“我怎么样才能帮你们呢？”鱼妇人温和地说，“年轻人，你怎么了？”

“野兽女王把我妹妹抓走了，我需要去救她。”雅克说。

“野兽女王？她在鱼之城没有权力，我是鱼女王，我统治这些地方，你必须信任我，我能帮助你。”

“真的？”雅克感到也许他能信任这个女人，他急切地要找到摆脱困境的方法。

“你手上那个漂亮东西是什么？”鱼女王用丝一般顺滑的声音说。雅克举起他一直紧紧抓着的灯钥匙。

“啊，这是能激活灯的能量的钥匙吗？”她甜甜地问。

“你知道灯的事？”他惊讶地问。

“哦，是的，在鱼人中也有一盏灯，你的钥匙能让它复苏。我有个想法，为什么你不把钥匙换成我们的铜面具呢，这种面具能让你抵御野兽女王的暗能量。”

鱼女王伸手去摸雅克的脸，她的手又软和又温柔。

“你真是一个英俊的小男孩，”鱼女王说，“我相信你也一定很聪明。”

“我必须救我的妹妹。”雅克说，但语气已经不如之前那么有力了，他的心已经被鱼女王软化了。

“是的，我知道，加入我，我是帮助她的最佳人选。”鱼女王一边说一边摇晃，四个鱼人赶紧冲进来扶住她。

戴维和费迪都觉得有点可疑。

“雅克，我知道救坎达丝对你来说有多重要，但我们不能给她灯钥匙。”戴维说。

“别要那种铜面具，”费迪警告道，看上去很严肃，“你绝不会想要经历我所经历过的一切。”

“我们都对你很忠诚，雅克。”嘉德温和地说，“我们是来帮你的人，你不能加入他们。”

阿拉米达也想说什么，但雅克无视了她。

“好吧，如果你不想做这个交易……”鱼女王说，她转身似乎要离开，却又回头看着雅克微笑。

“等等！如果你能帮我，我可以给你钥匙。”雅克叫住她，“我需要救坎达丝，给我那个面具。”

其他人都知道他孤注一掷了，但这有点儿太过分了，他们必须保住灯钥匙才能完成使命。

“放了他。”鱼女王命令道，她的一个助手弯腰打开了雅克的锁。

“来吧。”她招招手，雅克跟她走出了小屋，手里拿着灯钥匙。

“把其他人都锁好了。”她命令守卫们。

“有你和我在一起太好了。”鱼女王说，当他们离开众人时，她抚摸着他的脸颊，“有一个克瑞丝塔人当朋友，我很荣幸，我们一定会相处得很好。”

听了这些话，阿拉米达知道有什么地方不对劲，她推推戴维说：“他没有说过自己是克瑞丝塔人，她怎么会知道的？”

暗能量如乌云一般笼罩着雅克，他不再像一个克瑞丝塔孩子一样闪闪发亮了。

“我们齐聚这里是为了得到灯，帮助克瑞丝塔人，你还记得吗？”阿拉米达在雅克身后叫道，这时他已经跟着鱼女王走了，“你太让我们失望了！”

雅克怒气冲冲地往后看了一眼他那被困的小队，戴维喊出最后的警告："别给她钥匙，否则我们全会迷失方向的。"

但雅克再也不回头了，跟着鱼女王走了。

"我们信任他。"嘉德沮丧地说。

对戴维和嘉德来说，雅克的背叛就像一把小刀插入他们的心脏，尽管阿拉米达也很失望，但她还是试着安慰大家。

"他失去了双胞胎妹妹，她就像他自己的一部分，"她提醒大家，"有点儿信心吧，他找到她之后会回来的。"

没人说话，寂静笼罩了小屋。

第七章　蒙面

鱼女王命令两个守卫带雅克去临海山崖下的一个小屋，给他弄一些东西吃。这个小屋更像一个有屋顶的平台，四周没有墙，鱼人没有捆住他，而是给他一碗水果，然后就自顾自在远处的沙滩上玩起游戏来。

天色完全黑下来了，只有一弯银月照耀着这一片海滩，夜晚寂静无声，微风吹拂。坐在小屋昏暗的灯光里，雅克等待着神秘的鱼女王来给他铜面具，这时他意识到，自己已经再也听不到坎达丝的声音了，他正在失去他的能量。

“我怎么了？”雅克觉得很奇怪，他十分迷茫，而随着能量的流失，他的身体也颤抖起来。他裹上爸爸给他的斗篷，希望它能保护自己。然后他听见一个微弱的水花声，有什么人或者东西正从离小屋不远的海水里游过来，他望着海滩，一个鱼姑娘轻手轻脚地从海水里出来，手里拿着一张网，从海滩直接朝小屋悄悄走来。

“你怎么样了？”鱼姑娘轻轻说，她盯着雅克看，显得很担心。雅克没说话。“我听见鱼女王对你说的一切，”她对他说，“你不能相信她，要知道，她会蒙面你，并且控制你。”

“你是谁？”雅克问，他很生气，但依然低声说话，为了不引起守卫的注意。

就在那时，一颗能量种子从斗篷里跳了出来，直接飞向鱼姑娘，但心烦意乱的雅克完全没有注意到。“没人能帮我救妹妹，我只能相信鱼女王。”他说。

“这不是真的。”鱼姑娘说，“是什么让你这样想的？我过去是这里的公主，我从没答应接受她的面具，她抢走了我的宝座，粗暴地统治我的人民，但我仍然做我认为对的事情，我不会追随她。”她坚定地说着，然后问：“你和你的朋友们为什么要谈到灯的事情？”

“我们正在找七盏灯，我们需要灯的光来拯救克瑞丝塔，但我们没能集齐它们，而且我丢了我的妹妹。”

鱼姑娘看出雅克十分不安，她仔细端详着他的脸。

“你是克瑞丝塔人！你怎么能如此轻易地放弃？我可绝不会这样对待我的朋友。”雅克吸了吸鼻子，转过身，但她继续说了下去，“看，我想帮助你，但你也要帮你自己。野兽女王很强大，仅仅依靠你的光能量是不足以打败她的。”

鱼姑娘停了一会儿，接着轻轻地说：“也许还有一个办法，铜面具能赋予你强大的能量，但那是暗能量，如果你能把它和你钥匙里的能量融合，也许你就能打败野兽女王，但危险的是，你必须用光能量控制暗能量，这是很难的一步，你觉得你能做到吗？”

雅克突然提起神来，一边仔细倾听她的话，一边将手里的灯钥匙翻转过来。他知道钥匙的光能量十分强大，但足以让他抵御面具的暗能量吗？“我……我不确定。”他吞吞吐吐地说。

鱼姑娘从网里抽出一根细绳，交给了他。“最好让钥匙更靠近你。”她说，“你能把钥匙系在这里，挂在脖子上。”雅克感激地收下细绳，把它穿过钥匙，在脖子上系好。

“我认为你的主意会奏效的，但我也需要朋友们的光能量的支持。”他说，当钥匙挂好以后，他显得比刚才自信多了，他看看地面，然后尴尬地补充，“虽然我不知道，他们是否依然愿意帮我。”

“我会去告诉他们你的打算。”鱼姑娘说。

就在这时，自从她进了小屋就一直在她身边盘旋的能量种子突然活跃起来，在她肩上来回飞舞。善良的种子在她周围嗡嗡作响，活力十足。

“你是这个地方的星星使者？”雅克惊讶地问。但她已经迅速溜出了小屋，重新剩下他一个。

在无声的黑暗中，雅克再次试图联系坎达丝，他确定她正受到野兽女王的折磨，但他内心似乎出了什么问题，无法再跟她对话了，他徒劳地叫喊，无法控制自己，附近一些戴着铜面具的人听见了他的叫声，但没人过来帮助他。

雅克想起阿拉米达的话“你太让我们失望了”，他感到无比疲惫，心沉甸甸的，他躺下休息，脑海里却一直回荡着这句话，直至睡意征服了他。

雅克梦见了他所经历的漫长旅程，以及他和坎达丝离家之后一起面对的各种战斗，他辗转反侧，翻来覆去，流了很多汗，其中一滴还流入他的眼睛里，几乎把他弄醒了。那一刻，他不知自己是梦是醒，他看见一道强光，一个巨大的白色动物从小屋边走过。那个动物没有发出任何声音，直接和他的意识对话。

“我们身经最黑暗的时刻时，必须努力看见光明，沿着光的道路前行！”它如此对雅克说。

雅克想起他在克瑞丝塔见到过至高无上的王，突然一阵暖意和能量让他回忆起自己的家和那最强大的守护者，他静静躺着，沐浴着光能量的暖风。

正当他躺着，沉浸于所看到的景象时，他的朋友还被锁在远离海滩的小屋里，因为被锁在一起，他们几乎无法动弹，而且不管如何努力，都无法入睡。戴维还在想办法解开锁链。

“我想找到雅克。”他告诉阿拉米达，“我得和他谈谈。”

“不知道这是不是个好主意，”阿拉米达说，“你了解雅克，他不会听你说的，他必须自己想明白，我们只能在精神上支持他，希望他能改变主意。”

费迪在想着自己的心事，回忆着在花之城里的舒适和快乐，以及从蝴蝶女王那里得到的关注，最后她那样对待他，试图夺取他的能量，令他深深震惊。

他无意中听到阿拉米达和戴维之间的对话，被他们之间的关心、真诚的爱和忠诚打动了。在花之城可没有这样的友谊，他想，每个人都在互相竞争博取女王的宠爱，没人可以信任。自从在很久以前，野兽女王蒙面了他和其他人以来，他就再也没有真正高兴过了，但成为这个小队的一员让他又有了这样的感觉，即使现在他们正处于绝望的境地，但大家仍在一起，这才是关键。

嘉德注意到费迪陷入沉思，猜想他又在回忆过去，“你希望重新找回你的外套吗？”他问。

费迪笑了，“虽然现在有点儿冷，但已经不那么想了，”他说，

“让我们设法离开这里吧，我们要小心别让他们得到灯。”

“如果我使用我的根，应该能从守卫那里得到钥匙。”戴维轻声说。

“我赞同阿拉米达，我们应该等一等，给雅克一个晚上思考的时间。”费迪平静地说，“让我们等到早上，然后就想办法解开锁链出发去找雅克。”

“是的，我们应当好好休息，为明天做准备。”阿拉米达说。

大家一致同意了这个计划，疲倦的朋友们让自己尽可能舒服一点，终于沉沉入睡了。

*****

雅克醒来了，冉冉升起的太阳将第一缕阳光从四面敞开的小屋投射进来，温暖着雅克的脸庞。在一场美梦之后，他恢复安宁平静，但这种感觉并没有维持多久。当他坐起来后，他看见一队士兵列队向小屋走来，最前面的那个拿着一个铜面具，恐惧顿时席卷他的全身。

从另一个方向，鱼女王也慢慢地走进了小屋，看上去由侍从搀扶着的她仍然十分痛苦，但她向雅克问好的时候，脸上却露出了微笑。

“早上好，亲爱的。”她用柔和顺滑的声音说道，“我希望你睡得很香，现在该是给予你梦寐以求的力量的时刻了。”

士兵到达后都停在了小屋外，立正站好。

“别担心面具，”鱼女王安慰他说，“它根本不会伤害你，只会赋予你力量，看看我的面具，你会发现这是一个很有用的东西。”

她脱下自己那张精致的网状面具，将它递给雅克，他一拿到手，立刻感受到一股力量冲刷他的全身，他的力量被增强了，翅膀都开始动了起来。这种感觉令雅克很兴奋。

“你应当试试你自己的铜面具。”鱼女王甜甜地说，拿回了她的面具。她从士兵那里接过铜面具，准备递给雅克，“这是为你特别准备的，亲爱的，”她说，“现在把钥匙给我吧。”

雅克犹豫起来，朋友的警告闪过他的脑海。

“我现在不能把它给你。”他说，飞快地思考着，“我需要激活能量，我太虚弱了，现在无法做到，把铜面具给我，这样我就能激活灯钥匙，把它给你。”

鱼女王不耐烦地挥挥手，但她知道没有激活的灯钥匙对她来说是没用的，所以她接受了雅克的解释。

铜面具比雅克想象的要重一点儿，装饰着一个战士和几头公牛的图案，一拿到它，他立即感受到它的能量，同时他也感受到灯钥匙的能量在回应着，两股力量互相排斥，就像一块磁铁相同的两极。如果把这两股力量融合在一起会怎么样？这个主意真是又让人害怕，又具吸引力，雅克知道这是在冒险，如果他无法控制住暗能量该怎么办？当他把铜面具往自己脸上戴去，他感觉这股力量压倒了灯钥匙的力量，但同时他自己的能量也被前所未有地增强了。面具在他脸上固定的一刻，他的翅膀开始拍打起来，他从没体会过这种力量，他想将自己向这种力量完全敞开。

鱼女王将自己的手放在雅克的肩膀上，“你看见了吧？”她说，“有了这个面具，你的力量强大多了，亲爱的，你会成为野兽世界最厉害的生物。”

雅克感到他的力量正在扩张，他的翅膀也在长大，但同时，一股剧痛穿过他的脑袋，他试图脱下面具来缓解这股疼痛，却压根脱不下来。

“发生了什么？”他紧张地问鱼女王，“为什么我脱不下面具？”

“别担心，”鱼女王说，“这面具的力量很强大，它本来是属于你父亲的，你很快就会习惯它的。”

“我的父亲？”雅克满是疑惑，怎么可能是他父亲的面具？他注意到灯钥匙开始发光，其中那两格已经吸收了灯能量的格子开始发出光芒。

“现在给我钥匙吧，亲爱的，我会告诉你如何脱掉面具。”鱼女王说。

但雅克决心不交出钥匙，“我不会给你的，”他对鱼女王说，“它现在挂在我的脖子上，我戴着面具无法解下它。”

在他努力和面具搏斗的时候，雅克没有看见一团乌云已经来到小屋的上空，那是野兽女王，身边依然簇拥着恶魔蝙蝠及他的蝙蝠手下们，还有一些她的奇怪的侍从，包括丑陋的穿山甲蛇。

“干得好，”当她降落在小屋前，她对鱼女王说，“我已经抓住了他的妹妹，现在你为我抓住了雅克。”

“他完完全全属于您了，”鱼女王疲惫地说，“什么时候您可以把我治好，女王陛下，我实在太难受了。”

“现在我可没法为这种琐事操心，到时候我会处理的，”野兽女王说，声音里充满了甜甜的嘲弄，“现在给我灯钥匙吧。”

鱼女王浑身颤抖，但不知道到底是因为难受还是恐惧。野兽女王就站在雅克的正前方，她能看到灯钥匙依然挂在雅克的脖子上，闪闪发亮，雅克意识到自己被出卖了，怒火中烧地看着她们。

“你和她是一伙的！”他对鱼女王大叫。

他握住灯钥匙，依然在竭力脱下铜面具，但它的能量太强烈，连灯钥匙都暗淡下去。雅克感受到另一种恐惧，如果灯钥匙的能量被转移到铜面具里，那么暗能量会占上风，并流入他的身体吗？

“我需要朋友们的力量。”雅克暗自思索着，他希望鱼姑娘已经和他们说上话了，但即使这样，他们又怎样才能逃出来找他呢？

“你看上去真的很像你的父亲。”野兽女王嘲弄地说。

她的话让雅克惊讶不已，他迫使自己第一次去更认真地审视她，因为站得很近，她看上去不是那么吓人，他怀疑她曾经也是一个人类，就像众多在这个世界上被蒙面的生物一样。很明显，她很高兴事情发展到现在这一步。

“把灯钥匙给我，雅克，别像你父亲那么固执。”野兽女王说，伸手去碰那挂在雅克脖子上荡来荡去的钥匙，但雅克抽身离开。他的怒气不断上升，他的力量也一样，他能感受到自己的翅膀也在随之生长。他看不到自己的翅膀在变大的过程中颜色不断加深，尖端已经是黑色的。野兽女王后退了一步，对他的力量感到惊讶，但她仍然相信自己能控制他，毕竟他已经被蒙面了。

“继续努力吧，看看你是否能解除蒙面。”她奚落道。

“我一定能做到！我是克瑞丝塔人，你无法控制我。”雅克勇敢地宣布，但他越使劲脱下面具，面具就越紧地贴在他的脸上，让他的头骨一阵阵灼热地疼痛，他的翅膀也痛。

她大笑起来。“从你那克瑞丝塔的美梦中醒过来吧，看看你到底身处何方。”野兽女王说，显然很欣赏他的痛苦，“这才是真实的世界。”野兽女王转向士兵们，命令道：“将其他人也带到这里来，这样他们就能亲眼看见雅克成为我们中的一员了。”

“我不是你们中的一员，”雅克怒气冲冲地说，“把妹妹还给我！”

“你想让我干什么，年轻人？”野兽女王假装惊讶地问，“你的可爱妹妹已经变成我的宠物了，或许可以说，她是我的一只小兔子。”

一想到自己的妹妹可能和兔子一起被蒙面，雅克一阵阵抽痛的脑袋里涌入更多恐慌，“你对她做了什么？”他大叫。

“她此刻正在和我的蜘蛛玩耍呢，别担心她了，你为什么不赶紧来加入她的行列呢？”女王说。

她踱到一边，越过雅克的肩头看看，然后伸出长长的舌头，嘶嘶说道：“看看你的翅膀怎么了，黑色比起弱不禁风的克瑞丝塔白更适合你。”

雅克再次被她的话吓了一跳，他回头去看自己的左肩，刚刚好能看到翅膀的黑尖。

就在那时，士兵带来了戴维、嘉德、费迪和阿拉米达，他们被一根绳子拴在一起，当他们看见此刻的雅克时，目光中流露出无比的震惊。

“雅克怎么了？”阿拉米达倒抽一口冷气说道，可怕的铜面具，变大的黑色翅膀，她几乎认不出他。

鱼女王走到阿拉米达面前，柔声说：“雅克现在加入我们了，别再指望他会恢复原样了，为什么你们不一起加入我们呢？”她拿出另一个淡黄色的面具，和她自己那个很相似，但没有装饰物，她把它递给阿拉米达。

“不！”戴维和费迪立刻大叫起来，嘉德的恐惧也骤升。

其他人无法看见，雅克此时正在进行一场殊死搏斗，灯钥匙的能量，铜面具的能量，他自己的能量，在他体内激烈地角斗。他感到自己的头快裂开了，灯钥匙的能量似乎随着他自己能量的增长而消退了，他低头看了看灯钥匙，坎达丝的样子在他脑海里闪现，他看见她躺在一个黑暗房间的地板上，等着他去救她。同时他听见父亲的声音在他意识里响起，鼓励着他：“你必须胜利，你有力量，你并不孤单。”

雅克靠关闭自己的心扉来抵御暗能量，但急转直下，他停止抵抗了，反而吸收了一些暗能量。很痛，这一定是野兽女王所谓的她喜欢的疼痛，他感到整个身体仿佛都要炸裂了，但他的翅膀依然在不断长大，直到能带着他直冲云霄，愤怒的力量和面具的暗能量结合在一起，将他的力量提升到一个前所未有的高度，这让他想起当野兽女王在克瑞丝塔出现时，他的父亲是如何增强自己的力量的。

雅克向鱼女王扑去，一把打落她手上的黄面具，因为她正试图强迫阿拉米达戴上面具，他将鱼女王狠狠推到一边，鱼女王痛得大叫。

雅克再次对野兽女王喊道：“把我的妹妹还给我！”

他的声音如此响亮，整个村子里的人都能听见，就连孤零零躺在石塔里的坎达丝，她的心也收到了他的声音。

野兽女王为雅克持续增长的力量震惊，这些力量是靠他的坚强意志支撑起来的，她猛地吐了一下她的舌头，嘶嘶地说：“你输了，我杀了你的妹妹！”

这些话深深刺痛了雅克的心，即使他明知道她在撒谎。

“我还是能和她心灵相通。”他坚定地说，他的心能感受到坎达丝的痛苦，他知道他是对的，她还活着，尽管正处于危险中。

雅克展开他有力的翅膀，飞上天空，似乎没有什么能够打败他。他拍打翅膀，掀起一团龙卷风，旋转着向野兽女王袭去，她不得不也升上天空来躲避龙卷风，她身边的人都四散逃开。

野兽女王对雅克的挑战震怒不已，她命令穿山甲蛇去袭击他，当它们发动攻击的时候，她使用能量激发了火山。“火山！灭了这些家伙！”女王大喊。

火山开始猛烈地震动起来，火焰从山顶喷出，熔岩从侧面倾泻而下，火山灰覆盖了整片区域，使得大家视线模糊。

雅克不害怕穿山甲蛇，他点燃他的能量种子帮助他确定野兽女王的位置，并决心这一次一定要打败她。孤身一人，这是他经历过的最严峻、最危险的一次战斗，但他无所畏惧。

“你认为这次你还能逃脱吗？”当他发现野兽女王就在不远处的天空盘旋的时候，他对她叫道。她和恶魔蝙蝠的身上满是白灰和烟雾，使他们看上去呈现一种深灰色，再也不那么令人生畏了，即便如此，女王笑起来还是那么难看。

“你的力量无法与我相比！”她叫道，将一个火球笔直抛向他。

在烟雾和一片混乱中，守卫因为害怕龙卷风和喷发的火山而四散逃开了，鱼姑娘趁机溜到了小队成员那边，解开了他们的绳索。他们纷纷向她致谢，而她拿出了她的灯，水之灯。它闪烁着一种银色液体般的光，释放出小贝壳般的光点，伴随着一个个尖锐的爆裂声，光点融合到一起，变成一颗巨大的黄色星星，还有一串闪耀的火花，最后伴着一阵巨大的嘶嘶声而消失了，其他人都为这盏灯的能力和美丽惊叹不已。

“你一定是个星星使者。”戴维惊叫。

“是的。”鱼姑娘说，告诉他们自己与雅克的相会经过，他的能量种子使她能够激活她的灯，她告诉他们他正试图将面具的暗能量和他自己的能量融合在一起与野兽女王战斗。“这很危险，”她告诉他们，“暗能量会入侵他的身体，也许他最后无法摆脱它，这样的话，他会继续被蒙面，他的光能量就会被大大削弱。”

“我们必须帮助雅克。”戴维说。

“他需要我们所有的光能量，你跟我们一起吗？”费迪问鱼姑娘，她点了点头。

他们能看见战斗正在不远处激烈进行着，当他们冲上前去，野兽女王正朝雅克扔去另一个火球。他躲闪着，火球射中了地面，毁了几个图巴。就在他转身的时候，他看见了朋友们朝他跑来，那股正向他集聚而来的光能量令他再次下定决心，他精神大振地伸出手，仿佛要抓住暗能量面具的缰绳。

“给我纯净的力量！”鱼姑娘叫道，高高举起她的灯，戴维和嘉德也举起他们的灯，整个小队都爆发出光能量。

女王看见他们都来援助雅克，怒气陡增，她开始一个接着一个朝他们投掷火球。随着灯被激活，鱼姑娘的网变得强大起来，她毫不费力就能接住火球，火球一碰到湿漉漉的网，纷纷发出嘶嘶声，熄灭了。

“光能量战胜一切！”星星使者们一跃而起，高声呐喊。费迪向女王和恶魔蝙蝠投掷花朵飞镖，这些飞镖会在空中爆裂，女王和恶魔蝙蝠的追随者纷纷被击倒。

面对事态的转变，野兽女王惊愕不已，但比起那个年轻的团队来，她在掌控力量方面更有经验。她知道雅克正在玩一个危险的游戏，下决心不能让他赢，她指示恶魔蝙蝠继续用火球猛攻，而她则开始向雅克输送丝丝缕缕微弱的暗能量。她在喂养他，诱导他吸取她的能量，等他意识到发生什么事了，他已经和她是一条绳子上的蚂蚱了，然后他就会成为她的仆人，被迫服从她的命令。

雅克正在尽力凝聚他的光能量，但他感受到另一股力量也进入他的身体，那种感觉真是既令人烦躁又令人兴奋，当它在他身边盘旋的时候，他感受不到那根他一直用意识抓住的缰绳了。突然他想到了坎达丝，想到只有当他们齐心协力的时候力量才会达到最大，也想起了父亲在告诉他们融合能量的时候，给他们的指示。

“坎达丝，”他偷偷在心里呼唤她，“请和我一起战斗，我们只沿着光的道路前行。”

他能感觉到她正在一个寒冷、黑暗的地方，但至少她依然活着。

当雅克挣扎的时候，鱼姑娘有了一个新计划来成倍增加他的光能量，她和另外三个星星使者将他们的灯都对准挂在雅克脖子上的灯钥匙，灯钥匙开始散发出越来越大的光圈。

“雅克，”她喊道，“使用钥匙。”

雅克低头看看灯钥匙，一瞬间明白了他应该怎么做，他将灯钥匙对准野兽女王的面具，将所有光能量都朝她发射。野兽女王失去平衡往后倒去，几乎跌落地面。

但雅克也并不是毫发无伤的，他已经吸收了一些野兽女王的能量，他的脸和翅膀都变黑了，头和身体都在变大，他要比周围的其他人都更高大更强壮，这种感觉让他很享受。

“雅克，别获取她的能量，”鱼姑娘叫道，“否则你就无法解除蒙面。”

突然雅克再次意识到坎达丝，那种激动人心的新能量正朝她涌去，他想要和她分享，但她拒绝接受。他听见她的声音，在他的脑海中虚弱无力地响起。

“雅克，别输送暗能量给我，”她说，“别帮助她打败我们。”

她的话吓了他一跳，让他神志恢复清醒，他的脑海中闪过他的妹妹、他的父母、所有克瑞丝塔人，几乎是本能，他调动身上所剩的光能量，决意将这些能量全部对准野兽女王。

在那一刻，三股力量同时发动了。就在雅克集聚他自身力量的时候，野兽女王也汇聚起一波强大的暗能量对准了雅克，而星星使者们向灯钥匙发射的第二波光能量也被送了出来，当这三股能量碰撞在一起，雅克聚精会神地操纵它们全部对准野兽女王，迸发出巨大的光，在女王周围噼啪作响，似乎她被闪电击中了。

野兽女王坠落地面，无法动弹，她向雅克发射的那些暗能量也立即消失了。旁边的恶魔蝙蝠也受了重伤，但他仍然设法将她抬了起来，在一些小蝙蝠的帮助下，带着她迅速飞走了。她的穿山甲蛇和其他喽啰，大部分也都在爆炸中受了伤，跟着他们落荒而逃。随着他们的离开，火山终于沉寂下来，流淌在大地上的熔岩冷却下来，变成了石头。

雅克的朋友惊讶地目睹眼前这一切，当他们朝雅克望去时，更是惊讶万分。他倒在刚才坐着的地方，呆若木鸡，而铜面具一分为二，从他脸上脱落了。

他自由了。

“我们成功了！”戴维叫道，跑到雅克这边，用胳膊搂住了他的肩膀，“我知道你不会离开我们的。”

“干得好！”嘉德说，他抓住雅克的手使劲摇晃，费迪兴奋地上蹿下跳，阿拉米达给了雅克一个大大的拥抱，鱼姑娘也朝着大家微微笑着。

“谢谢大家了。”雅克虚弱地说，“没有你们的帮助，我做不到。我将永远都沿着光的道路前行，永远不去黑暗的一边。”

“我们在一起就是最强的。”戴维笑着说。

雅克又躺回地上，动弹不得，灯钥匙的光芒仍然柔和地亮着，渐渐暗了下去。

“你还好吧？”阿拉米达问，很担心他虚弱的身体。

他点点头：“我只需要休息一会儿，你们都没事吧？”

其他人除了一些擦伤和瘀青几乎没有什么大碍，只有阿拉米达的腿被一个火球烧伤了，看上去挺严重，鱼姑娘迅速跑开，带了一桶水和几片芦荟叶回来。她将阿拉米达的伤口洗干净，把芦荟汁涂在她受伤的皮肤上。

“这几天，你每天都得上两三次药，”她向阿拉米达说道，“我会告诉你去哪里能找到这种植物。”

“但我们必须上路了。”阿拉米达说，她试图站起来，但立刻跌倒了，在战斗的时候她顾不上这伤，现在才知道它有多严重了。

“你现在没法走路，”鱼姑娘对她说，“为什么不和我的人待在一块呢？雅克，让我跟你们一起走吧。”她转向雅克说，她的脸上泛着光，“我能控制我的灯，它对你们很有帮助，你已经为我们做了太多了。”

“我们很荣幸，谢谢你。”雅克平静地说。

他再次坐起来，似乎已经从痛苦中缓过来了，他看着阿拉米达说：“你最好还是和这些人待在这里吧，这样你能更快好起来。”是雅克把她卷入这场冒险的，对她遭受的痛苦，他感到内疚。

鱼姑娘一直在保护的那些被蒙面的人聚拢过来，求她不要离开。

“别担心，我答应你们，会回来帮助大家的。”她自信地说，“当我们达成使命，我们就能安享生活了。”

“我会留在这里帮忙照顾他们的，直到你们回来。”阿拉米达说，“我不想拖累你们。”

“谢谢你的好意。”鱼姑娘说。

“你确定你在这里没事？”雅克问，

“我不想成为你们的负担，我在这里没事的，雅克。还有一件事，”阿拉米达温柔地请求，“如果你们到了石塔，请把我和我妈妈的心带回来。”

“好。等我们收集到所有的灯就会回来，还会带着你们的心。”雅克温和地说。

“上次在克瑞丝塔，我足足等了一年你才回来，”阿拉米达提醒雅克，“希望这次能快一点儿。”

“我答应你，我会很快回来。”雅克笑着说，阿拉米达拥抱了他一下，他们几个朝阿拉米达挥了挥手，重新开始了他们的旅程。

雅克考虑了一下他的处境，暂时，他失去了他的妹妹和他的挚友阿拉米达，但他有信心能让她们都回来。他现在有三盏灯，有四位星星使者的帮忙，而且，他现在知道他比以前更为强大，因为他的身体里还有一些暗能量，他已经学会如何控制它们了。他差点儿被这股力量驾驭，但最后还是战胜了它们，他知道这种经验十分宝贵。不过同时他也为他的翅膀发愁，翅尖已经完全变成黑的了，而在克瑞丝塔，成人的翅膀都是白色的。

只有他的光能量能阻止黑色蔓延他的全身，他能感受到这种变化，但仍然不清楚如何发挥光能量让自己的身体恢复原来的样子，如果他任凭黑色和暗能量覆盖他的全身，他就不再是一个克瑞丝塔人了，这个念头令他身上起了一阵凉意。

第八章　失落之城

他们沿着河走，直到海滨，然后坐在沙滩上休息，空气凉爽，天气宜人，鱼姑娘教他们如何从浅海采集几种海藻。每个人都饥肠辘辘，所以他们发现五颜六色的海藻相当美味。

“你是怎么做到的？”他们吃饭的时候，戴维问雅克，“我以前从没见过谁能靠自己的力量摆脱蒙面。”

“我见过的唯一一次，就是你们救我的那次。”嘉德说，扭头看着雅克，“你有什么秘密招数吗？”

“嗯，今天发生的一切，和救你那一次是完全不一样的。”雅克说，“我没有为你做任何事，仅仅激活了你的能量，告诉你实话吧，我想你也是用了自己的力量来打破蒙面的，我不知道如何救你，我只是召唤光能量而已，是你自己救了自己。”

“你也是这样重获自由的？”鱼姑娘问。

雅克看上去不太自在。“不完全是，很难解释。”他瞥了一眼鱼姑娘，但她没说什么，他就继续说道：“当我同意戴上面具的时候，我的处境并不太妙，你们都知道那时的事，是我们的新朋友鱼姑娘将我领上正途，她告诉我要学会控制暗能量，但不能让暗能量控制我，我必须用光能量去驾驭暗能量，把它从我身上引开。”

费迪搔了搔头，吸了吸鼻子说：“不会吧，当我被蒙面的时候，所有的暗能量让我什么都看不见了，就好像我坠入了一片浓雾。”

嘉德点点头：“是的，我也有同样的感受，你是怎么做到不让它占据你的头脑。”

“哦，那是因为有坎达丝。”雅克说，他的微笑中饱含浓浓的思念。

“什么？”嘉德说。

与此同时，费迪也说：“怎么回事？”

雅克、嘉德和费迪一起笑了起来，其他人也跟着大笑，欢乐地大笑之后，雅克说：“坎达丝和我有一种特殊的能力，我们能互相读心。有时，我不知道为什么，喜欢故意为难她，拒绝让她进入我的内心。她总是提醒我，两个人团结一致胜过一个人单打独斗。今天即使她不在现场，她仍然向我证明了这话的正确性。当女王说把坎达丝变成她的宠物时，我的脑海里就浮现我妹妹戴着兔子面具的样子，女王就是希望我这样想，她百般嘲弄我，希望关于我妹妹的念头能分散我的注意力，让暗能量控制我的全身。我打赌她并不知道我们俩心灵相通，其实让我想起我的妹妹，才是她失败的真正原因。当我一想到坎达丝可能被蒙面了，这种念头似乎扰乱了我，但另一个念头几乎同时闪过我的脑海。我了解蒙面对我妹妹来说意味着什么，一直以来，她都是一个如此纯净的女孩，那些暗能量能为她所用，却绝不会成为她的一部分，她接纳了暗能量，而没有迷失于暗能量中，这让我意识到我也可以这样做，虽然我无法把暗能量从这个世界上消除，但可以选择不被它左右。”

他环顾四周的朋友，他们看上去都有些困惑，但都饶有兴趣地倾听着，费迪点点头，而戴维噘起了嘴。

“我还无法完全了解其中的奥秘，”雅克说，“但我想这里已经有人了解了。”他看看鱼姑娘，“你能帮助我们更好理解这一切吗？”

“我想你已经明白其中的要领了，”她微笑着说，“我没有亲身抵御过这种能量，但我一直在试图学习。”

“谢谢你的帮忙，”雅克说，“你为我指明了方向，你一定和暗能量之间有过一些有趣的经历，才能懂这么多，为何不跟我们多聊聊你的事呢？我们甚至不知道你的名字。”

她大笑起来：“我叫萨尔玛，你能用能量种子点亮我的灯，我很高兴，我已经很久无法使用它了，真的，你非常了不起。”

雅克回头看看自己的右肩，又看看左边翅膀的黑尖，“我不知道这个该怎么办，”他说，“我不知道有多少暗能量进入了我的身体。”

“别担心，”戴维说，“我喜欢你的黑翅膀，酷极了！”

“耶！”嘉德说，“看上去你比以前强大多了。”

“也许只是暂时这样，”萨尔玛平静地说，“如果你一直使用光能量，总有一天翅膀会恢复白色的。”

雅克希望她是对的，他知道他的朋友都是出于好意，对于他是如何令大家处于险地的，谁也没有多说一句，但他还是觉得欠朋友们一个对不起。

“我为我做的事道歉，我抛下了你们，”他惭愧地说，“一心只想着救我的妹妹。”

他的谦逊令小队成员都十分感动，戴维给了他一个灿烂的微笑。

“现在野兽女王被打败了，救坎达丝应该容易一些了。”雅克说，“我能自己去，我不能再让你们冒任何险了，你们最好待在这里等我回来。”

“但我们真的不知道野兽女王怎么了。”萨尔玛提醒他，“她也许仍然活着。”

“不管怎么样，我都必须去石塔救坎达丝，”雅克果断地说，“但我不能要求你们也这样做。”

“我们怎么可能让你一个人去呢？我会跟你一起的。”戴维热情高涨地说，雅克很惊讶在发生这么多事以后，戴维居然还是愿意和他一起冒险。

“就算没了我的外套，我也要去。”费迪说，其他人都笑起来，每个人都表示赞同，没人打算留下。

“我们得学学坎达丝教你的那些，”萨尔玛说，“当我们团结一致时会变得更加强大。”

“那在我们继续行动之前，最好先把你灯里的能量输入钥匙。”雅克对萨尔玛说，将钥匙从自己的脖子上取下来。萨尔玛拿出自己的灯，迅速激活它，火花在空中四溅。雅克想打开灯的第三个格子，但它纹丝不动。而第四个格子却啪的一下打开了，一束柔和的绿光从萨尔玛的灯里发射出来，当新能量进入钥匙，前面两个格子也都亮了起来，现在三个格子闪烁着不同颜色的光芒：红色、橙色和绿色。

“第三格一定是属于费迪的灯。”雅克说，静静地合上了灯钥匙。“我们还需要四盏灯的光，才能回到克瑞丝塔，拯救我的城市和人民。”他叹了口气，“我想我们现在最好去石塔了。”

“我们怎么去那里呢？”嘉德小声问，他不想让朋友失望，但他一般来说都不太勇敢。

“很难飞过去，”费迪说，“我们会被那些蝙蝠袭击的。”

“我们能走海路，我认为这条路最好。”萨尔玛说。

“水下？那不可能吧。”费迪惊呼。

其他人都只是有点儿惊讶，但嘉德是真感到害怕：“我害怕水，这条路我绝对走不了。”

“在古老的年代里，有一座能量之城就在临海的悬崖上，它曾经非常辉煌，但在遭受野兽女王袭击后，整座城市都坠入海洋。”萨尔玛解释道。

“城里的人还活着吗？”雅克问，即使顾虑重重，他的心中仍然升起了希望，这个计划应该能奏效。

“那就不知道了，我曾经在晚上看见过海面上有白色光芒在闪烁，我相信那座城市里一定有一些光能量，”萨尔玛说，“也许我们能得到那座城市的灯——海之灯。”

“对！”雅克说，“如果那下面有灯，我们必须去。”他已经为即将展开的水下冒险兴奋不已。

“我们需要一个完美的计划去救坎达丝，并收集其他的灯。”萨尔玛说。雅克表示同意，但他并不知道会遭遇什么，这让计划看上去有点困难。

“当前要做的，就是潜入水下，得到海之灯，然后去石塔救坎达丝。”雅克用不容置疑的口吻说，几乎又和以前一个样了，“之后，我们再计划下一步。”

“我也想尽我所能，但一只鸟如何游泳呢？”嘉德问，每个人都看着他，脸上露出明显失望的神情。“别那样看着我，让我待在这里保管灯钥匙怎么样？”嘉德建议，“我认为不应该冒险把它带到石塔。”

“他说得对，我们不能失去灯钥匙。”雅克说。

“但灯钥匙在和野兽女王作战时很重要，”费迪指出，“我们也许仍然需要它。”

注意到嘉德焦虑的样子，萨尔玛用微笑鼓励他，“等我们得到了海之灯，我们就有四盏灯了，”她说，“应当有足够的力量让坎达丝回来，然后我们就会回到这里，嘉德要管好他自己的灯和钥匙，以备不时之需。”

费迪对此还有一些疑问，但萨尔玛已经开始布置她的计划了，在其他人看来，她似乎不惧承担任何责任。

“我们能使用我的灯游到那座城市里，”萨尔玛告诉他们，“我将会展示给你们看如何操作，但我们得等到退潮，大概在日落时分才能出发。”

“为什么我们现在不能走？”费迪问。

“别着急，现在的海浪太大了，很危险。我们往返都需要趁退潮的时候，否则很容易被卷入洋流之中。这样会更安全，相信我。”

他们坐在海滩上，等待那一刻的到来，海水和天空都如此美丽，但对雅克来说，每一分每一秒都如此漫长。他开始在海滩上来回踱步，萨尔玛跟他一起，她不想让他再次陷入消极的情绪。

“这儿很美是吧？”她说，“多么宁静祥和，你根本无法想象，在暗能量掌控这里之前的景色。”

“我们的水晶海甚至比这里更美。”雅克平静地说，“它宛若玻璃般平整，熠熠生辉，远远望去，是一片紫色。”回忆令他心疼，他从没像现在这样视自己的家乡如珍如宝。

“好，如果水面真的如此平滑，那也许有一天我们可以去水晶海滑行。”萨尔玛开玩笑说。

就在那时，戴维招呼大家，他看见有什么东西从海里出来。

“那大家伙是什么？看上去是一个海怪，”他呼喊道，指着海面，“我不是在开玩笑，看，雅克！”

“也许是一只大乌贼。”萨尔玛说，“很大，大约二十米长，一般生活在深海里。”

“大乌贼看上去是什么样子的？”嘉德问，脸色发白。

“嗯，它有八条腿，两根长触须用来进食，一个喙，一个大脑袋，两只眼睛每只都有篮球那么大。我不知道它浮上来要干什么。”

雅克突然灵光一现，“我们能不能骑到它的身上，然后穿过海浪进入那座城市？”他问。

戴维和嘉德都为这个疯狂的主意惊讶万分，但费迪说：“不妨试试吧，这样会更快。”他似乎感到很兴奋。

“可能会，但首先我们必须保护自己。”萨尔玛说，并拿出她的灯，在鱼之城里，这些人已经领教过水之灯有多厉害了。

“戴维，你打头。”她激活了她的灯，然后将一张丝网扔到戴维身上，网闪烁了一阵子，变成了一个透明的泡泡罩住了戴维，就好像他在一个巨大的塑料球里。戴维开始在泡泡里乱转乱蹦起来，脸上绽开一个大大的笑容。

“哇，真的超级酷！”费迪说，这时萨尔玛也用另一个泡泡罩住了他，他的声音从泡泡里传出来有点沉闷。

萨尔玛显示给他们看，如何在泡泡里走路，无论是陆地还是水里，想去哪里就可以滚动过去。她还解释给他们听，如果他们需要抓住或捡起某样东西时，可以把手放在泡泡上，这样就会产生一种吸力。

“你能像这样抓鱼。”她说道，“它们会被吸到泡泡上，我们能这样抓住那只大乌贼，但我们必须先确定一下捕获它的坐标。”

她告诉他们泡泡在水里是安全的，但如果它再次暴露到水面外，就会破裂。

“你确定你不一起来吗，嘉德？”戴维在他的泡泡里叫道，“你甚至都不会打湿自己。”

嘉德摇摇头，看上去泡泡虽然很安全，但万一在水下破裂了怎么办，他很高兴能坐在陆地上等待他们。“不用了，谢谢，希望你们好运，把灯钥匙给我吧，我会好好看管的。”嘉德说，他有一点点内疚，但仍然害怕潜入水中的冒险旅程。

雅克递给他钥匙，告诉他一定要挂在脖子上，别让人看见。嘉德把钥匙挂好，并把它塞到衬衫的里面。然后萨尔玛又为自己和雅克各造了一个泡泡。

“终于，除了我以外，也有人能从被蒙面的经历中学到一些有用的东西，这玩意甚至比我的根更强大。”戴维钦佩地对萨尔玛说。

“好吧，让我们完成任务，走吧。”萨尔玛说，朝前走去，戴维对着嘉德挥挥手，跟着她潜入水中。

“一定要安全返回哦！”嘉德叫道，目送他们进入水中，朝那只大乌贼而去。当他们到达那里的时候，萨尔玛吹了一声很亮的口哨，乌贼立刻转向她，和他们正面相对，他们把手按到泡泡上，每个人抓住乌贼的一根触须，这个大家伙慢慢地潜到深处。

“你是怎么做到的？”雅克问。

萨尔玛笑了笑，“不是所有的海洋生物都是女王的奴隶，”她解释道，“我们有特别的信号，这样就能互相交流，彼此帮助。”

起初，水下太黑了，他们什么都看不清。渐渐地，雅克看到有成百上千的浮游颗粒，这些颗粒看上去有点儿像能量种子。他为周围的一切感到惊奇，他总是梦想着能看到克瑞丝塔以外的遥远的地方，这无疑是一个全新的世界。

他们一到达海底，便放开了乌贼，乌贼挥舞着触须，缓缓地游走了。萨尔玛带着他们沿海底朝被淹没的城市前进。

费迪被五彩缤纷的海底生物吸引了，它们看上去像能量种子，美丽的事物总是他的软肋。当一群色彩艳丽的海马经过他们时，他几乎本能地扭头跟随它们。

“嗨，”戴维说，“你在做什么？”

“快来看一眼，”费迪说，“瞧它们多么神奇啊！”

戴维有点儿生气，但他不想扔下费迪，所以他跟了上去。

“我们必须紧跟雅克和萨尔玛。”他抱怨道，正当他说话的时候，一簇尖锐的针从沙里刺出，朝他们的泡泡戳来。两个男孩向后退去，但那里居然有另一簇针，一刹那针从各个地方冒了出来。

戴维和费迪尽力使他们的泡泡上升，但这比下降或者直行要难得多。注意到他们在瞎晃，雅克和萨尔玛过来了。

看到沙里的针，萨尔玛叫道：“那些是海胆，它们非常危险，它们的针是有毒的。”

她环顾周围，意识到这片区域其实处于被蒙面成海胆的人类的控制之下，他们看上去毫无生命力，但其实十分活跃，装死只是他们用来引诱误闯入他们领地的小鱼和其他生物的伎俩。

藏在海胆中的还有几只被蒙面的大虾，小队成员并不知道，他们是海底的邪恶霸王，控制了所有被女王奴役的海洋蒙面生物。

“进攻！”一个虾人说，海胆开始以小队成员为目标，发出飞针企图刺破泡泡。而小队成员们奋起保护自己，因为没有泡泡的话，他们就会淹死。

萨尔玛示意雅克和其他星星使者们朝海面逃去，“就像这样！”她叫道，舞动胳膊做出游泳的动作，将泡泡升起来。成群结队的海洋生物从上到下包围了他们，堵住了他们逃跑的道路。

突然，萨尔玛发现海底城市的大门就在眼前。

“如果我们能进这扇门，我们就安全了。”她对其他人叫道，她操控自己的泡泡朝大门而去，其他人紧随其后。一只海星落在戴维的泡泡上，但他设法摆脱了它。一条被蒙面的致命的河豚在雅克头上游动，看上去极具威胁性，但它也没法刺破泡泡。当他们靠近大门的时候，一条被蒙面的巨型海鳗也赶到了，它张开大嘴，露出一排锋利的牙齿。它长长的身体撞到了萨尔玛的泡泡，但她迅速变换方向，把泡泡推向另一边。

星星使者和雅克越来越疲惫，他们已经没办法在这样深的水下迅速移动泡泡，即使他们已经发现了城市，但怎么才能进去呢？令他们大吃一惊的是，那扇巨大的门居然打开了，露出里面一个狭窄的院子和另一扇沉重的门。他们疾冲入内，门在他们身后立刻关上，那些被他们带进来的水都从排水沟里冲走，然后第二扇门也缓缓打开了。

他们已经身处海底城了，意外的是，这里并没有水，这座城市被高墙环绕，顶部有一个圆形的巨顶，好像整座城市都笼罩在萨尔玛的那种泡泡中。

在水里浸泡过的泡泡接触到空气便破裂了，这样他们就能自如行走，并且再次正常呼吸了。刚开始，他们四周似乎空无一人，接着戴维注意到有一些小生物正沿着海滩朝他们移动过来。它们是什么？戴维疑惑是否又要面临险境。突然成百上千的像螃蟹一样的家伙在沙滩涌现，一些已经到了他们脚旁。

“呀！这些是什么？为什么都藏在沙子里？”戴维呼喊起来，萨尔玛弯腰观察了一会儿。

“他们都是被蒙面的人类，一定是失去了能量，害怕被变成石头，就躲到这里来了。”萨尔玛说。

“他们中的大部分依然有一些能量。”雅克指出，看见螃蟹在他们周围聚拢，形成一个圈。

一只大螃蟹走向前，询问道：“你们是谁？为什么会到这里来？你们必须立刻离开。”

其他声音也纷纷响起。“离开我们的城市！我们不希望你们来打扰我们的宁静生活。”被蒙面成螃蟹的人类向他们冲过来，企图威胁他们，赶走他们，“别给我们带来麻烦。”

“如果你们这么希望我们走，为什么为我们打开大门？”费迪问。

这时，一个蓝色的海豚小男孩过来了，他之前一直安静地站在大门附近。

“是我开的门。”他说，“我的首领发来信息，让我为你们开门。”

他还没来得及多说，那群螃蟹人又聒噪起来。“我们在陆地上输了两场战役了，我们不想继续输了。不管你带来什么麻烦，都快滚开！如果邪恶的海洋生物来了，会毁了我们的城市，它会倒塌的。”

萨尔玛理解他们的感受。“这座能量城市一度非常强大，”她解释道，“其他城市的居民都听说，在首次和野兽女王作战失败后，他们仍再度聚集挑战女王，只不过再次败北。然后整座城都被女王投入海底，毫无疑问，现在他们半点儿信心也没了。”

星星使者们面面相觑，他们为螃蟹人感到难过，但他们自己也有一揽子使命需要操心。

他们听见大门外面传来乒乒乓乓的声音，越来越多的海洋生物正围绕着城市攻打，使这个地方都摇晃不定了。这场骚动惊醒了更多沉睡中的螃蟹人，他们恐慌地从沙里爬出来。

“发生什么事了？怎么了？”他们问，在螃蟹人后面，其他的生物也出现了，许多人被蒙面成海马、贝壳和各种各样彩色的鱼。大部分有腿，但他们的上半身都覆盖着壳或者鳞片。

雅克上前一步，“如果你们把灯给我们，并为我们指明通向石塔的路，我们就马上离开。”他说。

“什么灯？我们没有什么灯。”那个带头的大螃蟹人说，他似乎是他们的首领。

“灯是你们城市的能量之源，你难道忘了吗？”费迪催促道。

“走开，别烦我们。”一个身上带着壳的人急匆匆地说，城市抖动得越来越厉害，螃蟹们都恐慌地尖叫起来。

萨尔玛用平静温柔的语调对他们说："城外有那么多生物，我们也许对付不了，你们能给我们时间激活能量吗？然后我们就能设法出去，我们需要你们的帮助和理解。"

雅克正在失去他的耐心，他的黑色翅膀飞快扑打着，他注意到自己浑身充满了暗能量，所以他努力抑制它。

雅克沮丧地说："只要给我们指一下路，我们会和平离去的。"他试图让自己平静下来。

"我们不喜欢你们这种人类，你们滚开，他们就不会来打扰我们了，立刻滚。"螃蟹头头说。

这时，小队听见一串尖利的高音，一群海豚人来了，他们有着海豚的头和上半身，但仍然在用人类的脚走路。他们挥动着鳍状的手臂仿佛在游泳一般。他们的首领身躯巨大，皮肤的颜色比他的四个伙伴更深。蓝色的小海豚男孩看见他，便向他行礼。

"请停止争执吧。"海豚首领亲切地说，站在螃蟹人和来访者之间。"你们为什么到这里来？"他问小队成员们，"你们显然并不是海底居民。"

"我们要去石塔，"雅克说，"我们想这会是一条安全的路线，并且我们也需要找到海之灯。我们需要它达成一个重要的使命。"

"为什么你们要去石塔？"海豚人问，"那是十分危险的地方。"

雅克说明他需要解救妹妹的理由，他的妹妹被野兽女王抓走了，一提到野兽女王，那些螃蟹人就变得更激动了。

"别考虑帮助他们，"螃蟹头头大叫，"我们不想卷入麻烦中，好好想想以前在这里发生过的事。"

海豚首领只能模糊地回忆起野兽女王的攻击，自从他被蒙面后，他的意识和记忆就逐渐变得迟钝起来。

“我记得有一盏灯，但我不记得它在哪里。”他说。

城市摇晃得更猛烈了，似乎随时都会崩塌，螃蟹们更恼怒了，但也惊慌失措。

“让我们想想怎么解决问题，这样他们就可以离开了。”海豚首领对螃蟹头头说，“女王太邪恶了。”

“不，让他们滚出这里。”一些螃蟹仍然坚持。

“如果我们不惹怒女王，我们还能继续在这里生活，”螃蟹人对海豚首领说，“让他们走，我们就安然无恙了。”

石头开始滚落到他们周围时，所有的螃蟹人都往沙里钻，不再等待海豚首领的决定。

“跟着我，我会带路。”海豚首领说，他带他们离开门那里，沿着墙走，小队成员满怀感激地跟随着他，很快就跟上了他的步伐。他的四位伙伴反而落在了后面，海豚首领在一块大石头前停下，他示意伙伴来帮忙，一起把石头推到一边，露出一条小隧道。

“这里！”他回头招呼大家，自己飞奔进隧道，“我们必须得在水里行动，你们行吗？”他问他们。

“一分钟就好。”萨尔玛说，拿出她的灯和网，再一次很快把大家罩入泡泡中。海豚首领为她的能力感到惊讶，但没时间研究了，他们都在隧道里飞快穿行，等到了隧道的另一头，海豚人们再次推开了另一块石头，他们立即被海水吞没。小队成员们奋力上升，当他们到水面的时候，保护泡泡立刻破了，巨浪翻滚着扑来，他们拍打着水面努力让自己浮着。

“留神这些巨浪！”海豚首领叫道，“我领头，你们跟着我。”

海豚人在前面游着，巨浪袭来时，他们消失在巨浪里。小队成员紧紧拉在一起避免被海浪冲散，他们试图和海豚人保持一致的方向，但前方全无他们的踪迹，他们开始担心海豚人扔下他们不管了。他们没法使用灯来补充能量，事实上，除了浪花，他们什么都看不到，也无法呼吸。

“我无法再坚持了。”费迪喘着气说。

“抓住我。”雅克勇敢地说，但他也明白，他们无法在海浪里坚持很久了。

就在这时，戴维大叫：“哦，不！快看！”

一群巨型黄貂鱼朝他们游来，朋友们绷紧身子准备应对新的攻击。黄貂鱼在他们身边围成一圈，反而减轻了大浪对他们的冲击，但它们并不是善意的，而是慢慢逼近，打算发动进攻。

“别放弃。”雅克对其他人说，他试图用仅存的能量朝黄貂鱼发射，阻止它们接近。

说时迟那时快，萨尔玛激动地大叫：“看！”

她指着海面上朝他们闪烁的一道亮光，那是嘉德，他骑在海豚首领的背上，将他的灯高举过头。其他的海豚都在他们的身后，当他们靠近小队成员时，嘉德的灯向四面八方射出火花，驱散了黄貂鱼。

“我来救你们了。”嘉德喊道。

“你太勇敢了！”萨尔玛欢呼道。

大家都为他的到来而欢呼起来，他们都感到宽慰，他为了救他们找到了勇气，让他们永世难忘。

海豚首领冷静地对黄貂鱼说了几句话，告诉它们这些人是朋友，是来寻求他们的帮助的。让小队成员吃惊的是，黄貂鱼似乎很尊重海豚首领，并遵从他的指示。其他的海豚人都伸出鳍让小队成员抓住，协助他们保持平衡。黄貂鱼在周围保护着他们，还有嘉德和萨尔玛两盏灯护航，小队成员得以一起激活能量。他们一起低声说："德纳米！"

"首先让我们进入泡泡。"萨尔玛说，造出一张网围住整个小队，制造出一个能容纳所有人的巨大的泡泡。

然后在安全的情况下，他们问嘉德发生了什么事。他告诉他们，他本来一直坐在岸边，这时来了一群海豚人，他们很友好地打听他为什么孤身一人，所以他跟他们说了雅克及其伙伴去海底城的事。当他们听到这一切，海豚人传话给他们的首领，于是首领下令为大家打开了城门。

不幸的是，虽然嘉德已经注意到附近有几只蝙蝠倒悬在树上，但已经晚了，它们偷听到嘉德的话，知道雅克去哪里了。嘉德看到它们飞走了，害怕它们会去向恶魔蝙蝠汇报。

嘉德猜对了，蝙蝠真的去向它们邪恶的主子汇报了，他所不知道的是，收到这个消息后，恶魔蝙蝠便命令那些大虾，以及所有在女王控制下的海洋生物向城市进攻。这些家伙报告小队已经从城市离开后，恶魔蝙蝠还使用他的暗能量来掀起狂风巨浪，指使黄貂鱼来袭击他们。但他从来没想到海洋生物会敬重海豚人，以至于违背了他的命令。

恶魔蝙蝠因为在上一场和雅克他们的战斗中受伤，至今还没有恢复，无法亲自指挥作战，听到他的手下说没能阻止小队，他也只能怒气冲冲地来回踱步，思考着下一步的计划。

恶魔蝙蝠暂停了他的进攻，海洋就重归平静了，小队成员们听了嘉德的经历，在泡泡里雀跃不已。

“嘉德，今天幸亏有你！没有你的话，我们就无法进入城市，最后也没办法激活能量，无法进入这个泡泡。”萨尔玛说着拥抱了他，嘉德有点儿不好意思，但心里高兴极了。

“你们得到海之灯了吗？”他问。

“呃，还没……”雅克说，他有点儿尴尬，事实上他们在海底城市一无所获，既没有得到灯，也没有找到前往石塔的路。但海豚首领的脸上露出一种奇怪的神情，他仔细观察了小队成员激活能量的过程，并看到了他们的灯，这些似乎唤醒了他的记忆。

“我想起来灯在什么地方了。”他突然说道，十分激动，“海之灯在城市中心的一个大贝壳里。”

“你是这座城市的星星使者吗？”雅克问，他之前看到海豚首领处理事情的方式，以及他对其他海洋生物的尊重，便有这个猜测了。

“我不知道什么星星使者，但我能设法帮助你拿到灯。”海豚首领说。

“那就是我们需要的。”雅克说。

“好吧，我们走。”海豚首领似乎很渴望完成这个任务，小队商量下来，让雅克和戴维跟他一起去，其他人还是待在泡泡里。雅克和大家分开后，一个小泡泡笼罩着他，他和海豚首领一起潜到海底。戴维紧随其后，他也有一个小泡泡，另一个海豚人跟着他。萨尔玛、费迪和嘉德依然待在大泡泡里，看着他们的朋友消失在海洋深处。

“希望他们能得到那盏灯。”嘉德说。

“我相信雅克，”萨尔玛自信地说，“他能做到的。”

男孩们和海豚人一起迅速游回海底城市，他们的经过引起一群虾和鳗鱼的注意，也跟了上来，但它们不够快。海豚人发出一声高亢尖锐的叫声，门应声而开，又迅速在他们身后关闭。一进入两重门里，男孩们的泡泡就像上次一样破了。

到处都是破坏的痕迹。海洋生物的袭击导致很多建筑坍塌，地面开裂，碎石继续在滚落，就连城下的沙土，似乎都已松动下沉。现在那些尾随他们的家伙又开始进攻大门了，海豚首领关切地看着男孩们。

“对你们来说，这一切太危险了吧。”他说，“如果门被打破，我能游泳，但你们已经失去泡泡。”戴维看看雅克，立即知道这个克瑞丝塔男孩不会放弃，除非找到灯。

“我们最好在这一切发生之前拿到灯。”戴维说，雅克再一次被朋友的鼓励和支持打动，他们两个跟着海豚首领，他正在崩塌的城市中迅速穿梭，寻找那个藏着灯的大贝壳。

“看见上面闪烁的光吗？”他对男孩们说，“那是从贝壳里发出来的，灯就在里面。”

整座城市都在疯狂地摇晃，一块滚落的石头砸在海豚首领的肩上，他叫了一声，显然受伤了，但仍然没有停下脚步。然后一堆砖头直接砸在戴维身前，有一些砸到了他的脚。

“哎哟！”他叫了起来，雅克一言不发，一手一个抓住他们，展开翅膀。他向上飞去，远离那些正在不断下坠的东西，朝着远处的光亮而去。

“雅克，”戴维抗议，他在半空中快喘不过气来了，“用你的能量飞行明智吗？到时候你怎么游回去？”

海豚首领没说什么，看到雅克能飞，他都惊呆了。

“我没事。”雅克说，但一股不安的感觉席卷了他的全身，他感受到他正在使用的能量，被他在解除蒙面时吸取的暗能量玷污了。他知道自己不该使用它，但他太想得到那盏灯了。循着闪烁的光芒，仅仅几分钟他就到达了贝壳那里，他们三人安全着陆。

贝壳像一只小箱子一样大，光彩夺目，五彩缤纷，从贝壳内部散发出的光芒，从绿松石色到薰衣草色都有。当雅克从他的口袋里拿出一颗能量种子的时候，海豚首领打开了贝壳。在贝壳底部躺着一盏灯，那就是海之灯。它是一个有着银色把手的大圆球。和迄今为止其他发现的灯都不同，这盏灯仍然在持续发光，它还拥有光能量。

海豚首领把它拿起来，雅克的能量种子立刻向它跃去，光四散开来，在空中哔哔啵啵爆裂开来。和之前在萨尔玛那里发生的事一样，一颗特殊的种子从雅克的口袋里跳出，这是和平种子，它落在海豚首领的肩头。

拿到灯的海豚首领变样了，他的海豚身子发出白光，面具从他的脸上脱落，露出一张坚毅果断的年轻男人的脸庞。“来吧，强大的能量！”他用庄严的口吻说道，灯回应着他，放出巨大的光和能量，照亮整个区域。在那一刻整个城市猛地向一边倾斜，导致他们都滑倒了。

“我们最好尽快离开。”戴维喊道，他们赶紧跑到之前使用过的通道，在那里，戴维和雅克一起激活能量，和海豚首领的力量汇聚在一起，他们振作精神面对汹涌的海水，奋力冲向海面。但当石头门被移向一边时，等待他们的景象令他们大吃一惊。

******

在海面上，萨尔玛、嘉德和费迪忧心忡忡，他们的泡泡开始倾斜摇晃，这股力量似乎来自海底。

“海底城！”费迪说，“它似乎要崩塌了，他们还在里面，可能会被淹死。”

萨尔玛飞快思考着，“让我们使用我们的能量设法让这座城升起来，”她说着，再次拿出她的灯，“我们可以把它放回到女王沉没它之前的位置。”

“将整座城市带出水面？仅仅靠我们三个人，怎么能做到？”嘉德问，他和费迪都不相信他们能够胜任。

萨尔玛坚决地说：“我们必须试试。”

星星使者们举起了他们的灯，一起激活能量，他们把能量朝城市下面集中，希望能托起它。

“太重了！我们做不到。”嘉德疯狂大叫，他们使出了吃奶的劲，但还是不够。

“我去找点儿帮手。”萨尔玛说，她一句话都没解释，便为自己造了一个小泡泡，一头扎入海里。费迪和嘉德互相看看，完全不知道接下来该做什么。然后他们听到一声尖锐的口哨声，就好像萨尔玛曾经发出过的那种呼唤巨型乌贼的声音，一会儿，她重新出现了，小泡泡破了，她冷静地钻入大泡泡。

他们周围的海域动静巨大，四只大乌贼分别从四个方向朝他们靠拢。每一只都伴随着一群大章鱼。男孩们惊讶地看见萨尔玛指挥着这些海洋生物，请它们帮忙托起城市，一瞬间，这些大家伙都钻入水下。

“来吧，汇聚能量，再来一次。”萨尔玛命令道，“德纳米！”

她和嘉德举起了灯，再一次汇聚能量让城市升起来。让他们惊讶的是，城市上方的穹顶慢慢浮出了水面，接着是城墙和城里的一切。四只大乌贼正支撑着四面的墙，而章鱼们则帮忙从下面往上推。它们试图稳住这座城，因为它正在摇摇晃晃。

“哇！太棒了！”嘉德高兴地在泡泡里手舞足蹈。

“别再让泡泡晃动了，”费迪快疯了，“我有种晕船的感觉。”

就在那时，雅克、戴维和海豚人从隧道里冲出来，跃入空中！他们环顾四周，发现城市正漂浮在海面上，而他们就落在城市边上，怎么会这样呢？

他们看到自己的伙伴就在不远处，萨尔玛、费迪和戴维正漂浮在他们的泡泡里，他们顿时大叫起来，萨尔玛驾驭着泡泡到了他们所在的地方，她戳破了原先的泡泡，制造出一个更大的，容纳了整个小队，包括海豚首领。

他们为重逢而欣喜若狂，立刻交换了彼此的经历。嘉德激动地描绘了他们是怎么让城市升起来的，戴维则说了他们如何得到那盏灯，他们都看见了海豚首领的变化，现在他的脸露出来了，他们问了他的名字，他告诉大家他叫佐拉，也就是和平的意思。

波光粼粼的海水，涌现的阳光，以及他们团结一致的能量的光芒，使得所有看见他们的海洋生物都充满敬意。鱿鱼、章鱼、黄貂鱼和海豚都停在海里，很多都朝着泡泡致意。

“它们都是来帮忙的。”萨尔玛微笑着说，指着那些仍在支撑着城市的海洋生物。

“让我们帮它们一起把城市移到海岸。”萨尔玛说，这对整个小队来说并不难，现在城市已经升起来了。他们只需要汇聚能量将它从海里往海岸推，然后矗立在陆地上。等到了那里，他们终于可以解除泡泡，高兴地站在干燥的路面上。

海洋生物都回到了海里，它们的队列在海面上形成一条巨大的弧线，雅克大声向它们表示感谢。

“愿光的力量与你们同在！”他用洪亮强大的语调说道，所有的生物各自在它们所在的位置向他行礼。

“总有一天，当野兽女王被打败时，我们一定能再次相会。”萨尔玛说，她随即吹了一声口哨，那些海洋生物都从海面消失了。

“哇！”嘉德又欢呼起来，他再次手舞足蹈，几乎无法抑制他的快乐。

城市里那些被蒙面的生物重新出现了，他们原本都躲在房子里，现在他们聚集到城门口，看到底发生了什么。只有那些螃蟹人仍然深深埋在沙地里，缺乏和城市一起崛起的勇气。佐拉站在城门前，代表所有城里人，感谢雅克和他的伙伴们所提供的帮助。

“现在，我们不用住在水底了，”他对所有居民说，“我们又成为海滨之城的荣耀居民了。”

被蒙面的人都使劲鼓掌欢呼起来，随后他们又返回城市，查看如何维修那些损坏的地方。

雅克躺在海滩上，这次的冒险结束了，他筋疲力尽。他发现自己的手指已经开始变黑了，这令他很烦恼。

戴维躺在雅克的旁边，突然，他坐了起来。

“嗨，原来是你们让整座城市摇晃，石头砖头都倾塌下来了。”他说，用手指了指萨尔玛，又指了指费迪和嘉德。三个人面面相觑，他们没料到升起城市的举动给城里的伙伴造成了麻烦。

“别烦恼了，这都是值得的。”戴维大笑说。

“是啊，我们已经找到了星星使者，又得到了一盏灯。”嘉德说，开心地看着佐拉，佐拉有点害羞地走开了，他还不确定自己是否能被称为星星使者。

“现在我们得另外找通往石塔的路了，海底通道没了。”萨尔玛说。

“从石塔中逃出来的人并不多。”佐拉平静地对雅克说。

“我知道我的妹妹仍然活着，”雅克说，声音平静却坚定，“我得走了。”

“那么我会为你指路，但我不能跟你去，我必须待在这里帮助我的人民重新站起来，这样他们才能获得和平的生活。”佐拉说。

雅克有点儿失望，但他知道无法强迫佐拉加入他们。他让嘉德取出灯钥匙，然后嘱咐佐拉从灯里取出一些能量填满其中的一格。

“没问题。”佐拉说，很高兴至少他能帮上这个忙。他取出灯，当嘉德打开灯钥匙的第五格，佐拉就注入能量。光从灯里射入钥匙，那一格立刻变成令人愉悦的蓝色。嘉德自豪地将灯钥匙归还给雅克。

当听说佐拉不和他们一起走时，每个人都和雅克一样失望，但没有人试图改变他的想法，他们都知道一旦野兽女王发现这座城市又回到陆地了，一定会大发雷霆。如果佐拉不留下用他的光能量保护城市，他们好不容易得来的一切很快就会失去的。

“佐拉，我知道你是一个守卫和平的人，我们期待再次与你相遇，等我们从石塔回来的时候。”萨尔玛坚定地说。

“好。”佐拉说，“我属于海洋，我会一直在这里保护它，也会随时支援你们。”他向他们保证。

“说定了。如果你需要帮忙，我们也会来的，佐拉。”萨尔玛说，“但现在，让我们全体休息一会儿，我们太需要休息了。”

所有人都躺在了沙滩上，抬头看着璀璨的蓝色星空，很久以来，这是他们第一次感到如此平静。很快他们就睡着了。天色越来越暗，无数繁星涌现，将闪烁的光芒照在疲惫的冒险者的身上。而海上，还有一队队的海豚轮流守护着他们。

第九章　一场大胆的救援

第二天，萨尔玛用美味的海藻和其他植物为大家做了一份简便的早餐，大家吃完后，便聚在一起讨论下一步行动。在一夜酣睡以及一顿丰盛的早饭之后，每个人都神采奕奕的。

“我们必须到达石塔，”雅克坚定地说，“不能再等了。”他不顾一切地想把坎达丝早点儿救出来，无论面对多大的危险。

“我们在之前的交战中已经看到了女王的弱点。只要有合理的计划，我想我们能打败她。”费迪自信地说。

“看！”戴维指着远方升上天空的一朵棕色的云，他们全部沉默了，盯着那团不祥的云，它正向上翻滚着，朝他们的方向而来。

“是从石塔方向来的，”佐拉冷静地说，“恐怕女王的心情不好，也许正在酝酿什么计划。”

“会不会是从火上升起的烟？”戴维说，“颜色有点儿怪怪的。”

“我可以飞过去瞧一瞧吗？”嘉德说，他渴望自己有用武之地，“我往返大约只需要一个小时。”他一直害怕直面危险，但他想要帮忙的热切愿望让他战胜了恐惧。

“这主意不错，你们觉得怎么样？”费迪问其他人。

“我能跟你一起去吗，嘉德？我可以用斗篷飞行。”雅克建议。

“不，我想最好我一个人去。”嘉德说，“我很容易躲藏，但你可能会被发现，那样野兽女王就会知道了。另外，你的斗篷也没法带你飞得太远。”

现在，这支队伍已经比过去更团结了，每个人都愿意倾听其他人的意见，但萨尔玛仍然为嘉德的勇气惊讶，“你真的想孤身前往？”她问。

“相信他，”雅克说，将手按在嘉德的肩头，“上次我们已经看到他是怎么救我们的，他会成功的。”

嘉德笑了，更深入地讨论之后，小队成员一致同意，他可以先飞往石塔，调查那里的情况。同时，其他人继续步行前往石塔。佐拉告诉他们，在灌木丛里有一条小路，通往远方一连串的小山丘。翻过山丘就是石之城，在城的边上就是石塔。他们和嘉德说好，在第三座小山丘那里碰头，佐拉说那座山的名字叫三角顶，因为它有着尖尖的峰顶和陡峭的山坡。

“让我们一起激活能量吧。”萨尔玛建议。

他们围成一个圈，星星使者们举起他们的灯，雅克拿出他的能量种子，“光的力量战胜一切！”他们一起宣告，“德纳米！”一道耀眼的光在他们围成的圈上面闪现，他们能感受到自己的力量正在增强，并且信心十足，对他们来说，一起激活能量也比当初刚开始旅程时要容易得多。

雅克的脑海里突然闪过一个点子，“嘉德，带上这颗能量种子。”他说着，从特殊种子中拿出一颗，“它能帮助你找到星星使者。”

怀着激动的心情，他们送走了嘉德，看着他的身影消失在那团让整个天空越来越暗的棕云里。

“愿你一路平安，安全返回。”当嘉德飞远后，佐拉小声嘀咕。

“嗯，快快回来。”萨尔玛说。

嘉德飞得更高一点儿时，注意到在头顶高空的某处有一束明亮的白光射出。他一边往上飞，一边全身心沐浴在一种祥和的感觉之中。那是天上来的光吗？他疑惑着，但现在他还有使命需要完成。他叹息一声，笔直飞入黑色的天空，朝石塔而去。

等嘉德消失在他们的视野里，小队成员们就迫不及待上路了。“我们最好出发了。”雅克说。他们收拾好背包，和佐拉以及其他海豚人告别，他们离开大海朝内陆进发，友谊一直在鼓舞着他们。一阵强风刮过，他们低下了头，沙子纷纷吹入他们的眼睛和鼻子。

他们必须穿过宽阔的沙滩，才能到达佐拉所描述的灌木林和小道，才在沙滩上走了一半，他们就惊讶地发现，那团巨大的红棕色的云已经朝他们冲来，他们直接走进了一场沙尘暴。

无处可藏，沙墙席卷了他们，很快就完全吞噬了他们。沙进入他们的眼睛，他们什么也看不见；沙进入他们的鼻子和嘴巴，甚至令他们呼吸困难。风是如此强劲，几乎有把他们吹走的危险。

“手拉手！”萨尔玛叫道，抓住了戴维和费迪的手，戴维抓住了雅克，四个人本能地围成一个圈子，并且蹲下来，低着头。

“我们能做些什么？”费迪问，沙尘飞进他的嘴巴和喉咙，让他立刻咳嗽起来，“我们必须从这里走出去。”

“等一下，让我拿出斗篷。”雅克说，他打开背包，扯出那件厚斗篷，“每个人都抓住斗篷的一角，然后把它举过头顶，紧紧抓住。”他下达指示，大家都照做了，斗篷为他们提供了一个躲避风沙的庇护所。

“嗨，”萨尔玛说，她脑中涌现一个主意，“我打赌，我能用水之灯让我们从这里出去。”

“你是不是认为可以用泡泡罩住我们？”戴维充满期待地问。

“我试一下。”萨尔玛从包里拿出灯，把它放在众人中间。

“赐予我纯净的力量！”她低声呼唤，灯迸发出活力，开始朝四周喷发银色的光芒和水珠，水让周围的空气变得干净了一点儿，至少四个人现在能呼吸了，然后萨尔玛用网罩住了四个人，和以前一样，它闪烁了一会儿就变成一个透明的泡泡。

“哇！”费迪佩服地欢呼，“萨尔玛，你又一次救了我们。”

他们获得了片刻喘息，但麻烦远远没有结束，风猛烈地吹向泡泡，泡泡开始翻滚，疯狂旋转，四个人都摔倒了，泡泡又被吹到空中，依然旋转着，被卷入风的旋涡。

“萨尔玛！你能控制这东西吗？”雅克叫道，风声太大了，几乎遮盖了他的声音。

“我不知道，我想想我能做什么。”萨尔玛同样叫着回答，“我以前从来没在旋风中做过这样的事。”这是她加入他们以来第一次流露出害怕的感觉。

“让我们手挽手，尽量站起来。”戴维建议。他们紧紧挤在一起，给泡泡带来一些平衡，将它疯狂的转速减慢了。风把他们吹得更高，在他们周围，狂沙飞舞，他们完全不知道该往哪个方向前进。

“你觉得我们要激活其他的灯吗？”费迪问。

“不行，泡泡会破裂。”萨尔玛警告道，“我觉得我们只能安静地熬过这场风暴。”

四个人都静下心来，虽然感到很无助，但依然在风沙肆虐的时候，尽他们最大的努力稳住彼此，保持平衡。

*****

就在伙伴们被困在沙暴里的时候，嘉德到达了一个迷宫般的小城市，里面都是小石房，他看到成百上千已经被砍断的树干，四周都是荒地，散落着许多石头，似乎都是从高处抛下来的。嘉德走到一块巨大的石头跟前，一堆石头倒塌下来，他不得不变换路线，曲折前进，以免自己被击中。

等攀到石头上，嘉德看见一群奇怪的生物躲在浓重的阴影下，似乎正在那里躲藏。嘉德这才发现地面上的许多石头其实都会动，他们都是被变成图巴的人。他也看到很多被水果蒙面的人，有一个人的脑袋就像一颗火龙果，这可是嘉德见过的最奇怪的家伙了。

嘉德拿出他的灯，希望能看得更清楚一点儿，但它只释放出一点点光芒。“它们看起来真是好吃极了。”他低声说，看着美味的水果。

“站住！”一个声音响起。一个高大的身影从岩石后面走了出来，他是人类，但他一部分的脸和身体已经变成了石头，他看上去很严肃，一副深思熟虑的样子，但同时他身上又有些很吸引人的地方，他拿着一块看上去像书一样的石头，似乎正在读它。

“你是谁？”嘉德说。

“我知道你在找什么。”石头人说，平静地指了指那堆水果。

“我对水果不感兴趣，”嘉德为自己辩解，“我来这里是为了一些更重要的事。”

就在这时，雅克给嘉德的能量种子突然跳跃起来，它朝那个人飞去，激动地围绕他飞舞。

“石头先生，你是这座城市的星星使者吗？”嘉德直截了当地问，他知道时间紧迫。石头人想了想，并没有回答，相反，他盯着能量种子看，然后试图抓住它。

“我能打开它吗？”他问，“它是怎么动起来的？”

“这不是玩具，这是一颗能量种子，能给你能量。”嘉德告诉他，带着一点点不耐烦。

“我想要看看它的内部结构。”石头人说。仍然试图抓住种子然后研究它，种子的能量正在迅速向他涌去。

“是这样的，我挺着急的，我要找到这座城市的灯。”嘉德说，“我的朋友和我必须找齐七盏灯去点亮能量树，然后拯救克瑞丝塔。否则野兽女王也会控制那个地方。”他不顾自己的疑虑，一股脑儿和盘托出，能量种子已经选择了那个人，虽然嘉德在经历了那么多磨难之后，很难相信一个陌生人，但他信任能量种子。

“跟我来。”石头人招着手，从石头上跳下来，然后跑开了。

嘉德很紧张，但还是跟了上去，他还能做什么呢？他对这个地方一无所知。

石头人一边走，一边向他解说这座城市不同地区的技术发展，不一会儿，他们到了城市后方，一个有七根高大石柱的地方。

“哇，这里真酷！我们在哪里？这些柱子是什么？”嘉德激动地问，环顾着四周，他们步行到一扇巨大的门前，这扇门被高高的野草半遮半掩着。

“这扇门，”石头人说，“是我用来保存灯的地方。”

他弯下腰，伸手到高高的野草后面，从门边柱子的壁龛里拿出一个什么东西，那是一个细长的火把，有着火焰的形状。虽然它没有被激活能量，但仍然散发出微弱的蓝色光芒，就像灼热的火苗。能量种子围绕它舞蹈，增强了它的能量，所以它越发明亮起来。嘉德赞许地看了一眼，但他对大门更感兴趣，似乎有光从门缝里泄出来。

“这盏灯太酷了，”他说，又补充道，“这扇门会通往哪里？”

“这是通往克瑞丝塔的门，如果我们能打开它，就能看到从那里传来的光。”石头人说。

“克瑞丝塔！”嘉德现在万分激动，“我们能看到它？我们能到达那里？”

石头人没吭声，即使他懂得很多，却也没法回答这个问题。

“这扇门很大，不知道凭我们的力量是否能打开。”尽管如此，嘉德还是推开浓密的草，想要近距离观察一下。

“我们需要你的朋友来帮助我们，等他们来了我会搞清怎么打开这扇门。”石头人神秘兮兮地说。接着他转身，往另一个方向跑去，带走了他的灯。

嘉德对自己的调查成果很满意，决定飞回小队，把他们带过来见见石头人。他开始朝他们商量好的会合地点飞去。他太开心了，以至于没有注意到有一股黑色的旋风正朝他而来。

突然，这股旋风包围了正在飞行的嘉德，他努力挣扎保持平衡，但是他的身体随风扭来扭去，最后重重地摔倒在地上，筋疲力尽。一只巨型蝙蝠飞过，抓住了他，朝附近的一座高塔飞去。嘉德猛地意识到，那一定是石塔，他害怕得瑟瑟发抖。蝙蝠飞到了塔顶，女王正站在入口前一块突出的台阶边沿上，这个入口就像一个巨型公牛头张开的大嘴。

“嗨，小家伙，你怎么这么急急忙忙的，你可是应该被关在笼子里的！”野兽女王带着嘲弄的口吻说，嘉德依然吓得发抖。

“你的朋友正在前往这里的路上，”她告诉他，“为了让他们快点，我还送了他们一阵神风。”

“我已经很久没有喂你了，鸟人。”鹦鹉兽用难听的声音说道，用喙啄着嘉德。嘉德努力想摆脱它的攻击，但蝙蝠死死抓住他，它太强壮了。

“为什么我会丧失勇气？”他奇怪地想。

“我有些好东西要喂你，我的小鸟。”野兽女王继续嘲弄他，鹦鹉兽递给他一些蠕动的虫子。嘉德知道，它们都是有毒的，以前他被喂过不少这种虫子。

“它们看上去很美味吧？”野兽女王说，抓住那些虫子，将它们塞进了嘉德的嘴里，强迫嘉德吞下去。

“味道怎么样？”鹦鹉兽的声音咯咯作响。

嘉德一声不吭。

“你现在是我的奴隶了！等我需要的时候，你就得激活你的灯，否则我就把你的心变成石头。”女王大声粗暴地说。她知道把灯从他身边夺过来并不明智，因为她无法用自己的能量激活它。

“让我们把这个愚蠢的家伙塞回他的笼子里去。”鹦鹉兽说。女王用她的蛇手做了个手势，两只蝙蝠带上来一个木头笼子，将嘉德锁了进去。

“我宁愿愚蠢也不愿邪恶。为了我的小队，即使我的心变成石头，也是值得的。”嘉德勇敢地说，“而你永远无法让我心如铁石，因为我有一颗澄澈的心。”

尽管他的话充满勇气，但他的身体还是在发抖，更糟的是，他吃了那些有毒的虫子后，脸色已经开始变得灰白。

他绝望地环顾四周，想不出任何逃脱之计，就在他寻找摆脱困境的办法时，他瞥到角落里有一个小小的闪亮的东西，就在笼子边上。他尽量把身体往那边靠，刚好能够着，就把它拿进了笼子。那是坎达丝的兔子面具。她一定也在这里！更好的是，她似乎没有被蒙面。嘉德的心狂跳起来。也许我们能一起逃出这里，他想。

“你们不会赢的。”女王尖叫道，她一直背对着嘉德，盯着石塔外，此时她转过身来露出一个难看的笑容，“你们和所有的克瑞丝塔人，都永远无法享受那种快乐美好的生活了，把他给我带下去！”

蝙蝠们将嘉德的笼子带走了，将它安置在石塔边的山丘上，靠近一个巨大的老虎图巴。

山丘的另一边，鹦鹉兽正在叫着：“祝贺您，我的女王！您无与伦比的强大。”

“你这个蠢货，你没有感受到吗？光能量正在涌动。”女王说，在高高的台阶边沿来回踱步，“我甚至无法把他们全部蒙面，”她自言自语，“我们不能再输一仗了，不能让我们的世界被他们的能量污染，我绝不让这样的事发生。”

恶魔蝙蝠就在女王身后的影子里，女王转过身来。“我怎么才能阻止他们？”她问，“他们不能打开通往克瑞丝塔的大门，否则我们会失去一切，我恨克瑞丝塔人和他们的光能量，不能让光能量进入我们的世界。”

恶魔蝙蝠没说什么，而是飞到塔顶那里的一道缝隙里，取出一个深色的瓶子。他飞身而下，将瓶子递给野兽女王。

“用这个，”他低声说，“这些是充满极致暗能量的强力细菌，我的蝙蝠四处搜集细菌，然后特制成这个，我一直在培育它们，增强它们的力量。如果我们将这些细菌扩散到整个野兽世界，我们就能让克瑞丝塔人被感染，并杀死他们的光能量。”

“这是个好主意，你可真是个聪明的家伙。”女王的情绪瞬间转变了，她现在兴致高昂，“我怎么传播这些细菌呢？”她问。

“您需要一个能迅速四处移动的活物来传播它们。”恶魔蝙蝠说，他盯着鹦鹉兽看，鹦鹉兽在被女王呵斥之后，已经缩到了一个角落里。

野兽女王也看向了鹦鹉兽，“请到这里来，”她用一种让鹦鹉兽不寒而栗的温柔嗓音说道，这可是一个危险的信号。“小家伙，你何不将这强大的武器四处传播呢？”她甜甜地说，当她想到雅克和他的伙伴会遭到怎样的袭击时，不禁笑了起来。

“带它走，给它装满我的新宝贝。”

“我至高无上的主人，您的宝贝是什么？”鹦鹉兽用一种高而尖的声音说。

“别着急，你只要照做就行了。”野兽女王命令道。鹦鹉兽跟着恶魔蝙蝠走了，在等待他们回来的时候，女王使用她的暗能量又掀起一阵旋风。当龙卷风升起时，天空变得更黑暗了，云急速流动着，风开始打转。野兽世界的每一个人都感受到可怕的战争即将开始。

石头人目睹了嘉德遇到的不幸，他爬上了石塔附近的一块大石头，躲在暗影里，没有人能看见他。但从他的藏身之处，他能清楚地看见女王。他仔细观察着，看到她召唤了龙卷风，她挥舞双臂，将风的形状扭曲成大蜘蛛的样子，然后指挥旋风去袭击城镇。巨大的风吞噬了许多生物，甚至那些图巴，将它们掀上天空，然后又让它们重重落下，摔得粉碎。

石头人看了一会儿，举起他的灯，思考着如何抵御这强大的力量。他不能眼睁睁看着城镇被毁灭，他从岩石后面走了出来，用右手举起了灯。当他将灯举向天空，大声叫着激活它的时候，他看上去既神秘又强大。

“火拥有绝对的力量！”他用低沉有力的声音召唤，“德纳米！”

“跑过来，躲在这块岩石后面。”他呼唤一群被石头蒙面的人，在龙卷风逼近的时候，他们都害怕得蜷缩在地上。他的声音吸引了女王的注意，她走到台阶边沿，想看看清楚。石头人就站在大岩石的前方，面对着她。

“你是谁？”女王问，她很惊讶居然有人会在这即将崩塌的城市里对抗她，“又一个克瑞丝塔人？”

“我不是克瑞丝塔人，我只是一个愿意为了正义而战的人。”石头人掷地有声地说。

“啊，我知道你是谁了，你有力量反抗我吗，星星使者？”她嘲笑道，“我想你大概对你自己的力量有所误解！”

她再次挥舞双臂，这次她召唤出一个老虎形状的龙卷风来袭击他。

石头人爬到石头顶。举起了他的灯，他散发出光能量，吸引了附近地面上所有的生物。甚至连女王的野兽也停下来注视着他。当龙卷风过来的时候，他直接跃入风的中心，消失了。在山丘一边的嘉德目睹了这一切。

“看到了吗？那个星星使者看上去这么厉害，说话又如此莽撞，但我不费吹灰之力就能击败他。”女王吹嘘道，声音之大连嘉德都能听见。

她在说话的时候，恶魔蝙蝠带着鹦鹉兽回来了。鹦鹉兽的身上全是黑点，这可怜的家伙看上去似乎都要裂开了。恶魔蝙蝠和他的手下把一种特殊的有毒细菌混合物倒在鹦鹉兽的身上，然后将它像一块破布一样抖动，以便细菌遍布它的全身，这些细菌会让被蒙面的人变得虚弱，并且让他们更快地变成图巴。以便女王从克瑞丝塔人以及他们的伙伴那里吸取光能量。

“非常好，”女王低声说，“现在去把这些漂亮的细菌在世界上传播吧，我的小宠物。”说完，她抓起鹦鹉兽，将它扔进了旋风里。

“够了！”鹦鹉兽被卷入大风，它尖叫了起来。当它旋转的时候，它的体内释放出一股黑色的圆形细菌，它感到自己的尾巴开始燃烧起来。

细菌在空气中散播，到处都是。它们掉落到蒙面人身上时，立刻就开始生长，融化了他们的身体和能量，将他们变成了图巴。有些人几乎完全融化了，只剩下心掉在地上。每颗心都会变成一种颜色的石头。

女王兴奋极了，“完美！”她大叫，“有更多的石头可以用来造我的塔了。我会把它造得比以前更高!”她现在看不上龙卷风的成就了，而是津津有味地欣赏着被细菌袭击的生物倒在地上发生变化的瞬间。

不远处，雅克和其他人被猛烈的旋风卷入了小镇，突然，这股旋风和相反方向而来的龙卷风撞在一起，不知道为什么他们被撞到了风眼里，泡泡划过，在那里反弹了一次，然后破裂了，把他们抛在了地上。风在他们头顶继续呼啸了一会儿，然后朝小镇而去。

“哇，”戴维呼喊起来，一骨碌站起来，迅速恢复了平衡，“太惊险了，如果不是那么吓人的话，还是挺好玩的。”

雅克和费迪都站起来了，但萨尔玛依然坐在地上，神色茫然。

“你好吗？”雅克好奇地问，向她伸出手去，想帮她一把。萨尔玛抓住他的手，慢慢地站了起来。她检查了自己的胳膊和腿，发现除了两处瘀伤，没什么大碍。

“我猜，我还是完好无损的。”她说。

队员们绕着山走了一圈，看见石之城已经被狂风包围。费迪看到龙卷风的颜色突然变黑了，觉得不太正常。他立即警告了他的伙伴：“在继续前进之前，我们需要做些准备，我觉得女王用什么方法污染了龙卷风。”

他们收集了所有他们能找到的东西来遮挡面部，羽毛、叶子和树皮碎片，在他们开始向小镇出发之前，他们围成一个圈，激活最大的能量。

他们走进石屋里，看见地上有一些破碎的生物，空气里弥漫着一股难闻的味道。

“嘉德会在哪里呢？”萨尔玛问，看着周围悲惨的景象，她好想哭。雅克从口袋里拿出一颗能量种子，喃喃自语了几句，然后松开了手。种子在风里挣扎了一会儿，极速前进，朝石塔边上的小山丘而去。

“能量种子会带我们找到嘉德。”雅克说，朋友们冲入风中，为了不跟丢种子而急急忙忙跑着，他们很快就到了小山丘，等爬上小山坡，到达山顶，他们发现了被关在木头笼子里的嘉德。嘉德看见他们，惊呆了。

“你们怎么找到我的？”他惊讶地问，而雅克和费迪试图打开笼子门上的锁。

“让我们踩在笼子上，把木条踩断。”费迪说，把笼子朝一边翻转，让嘉德躲在笼子的一角，然后他用力踩笼子的木条。不一会儿，木条断了，嘉德得救了。

“你好吗？”萨尔玛向嘉德跑去，拥抱了他，“你看上去又苍白又奇怪，你身上的这些黑点是什么？”

“我挺好的，但这座城市的星星使者被龙卷风杀害了。”嘉德沮丧地说。

“他怎么了？”戴维问。

“他被一阵老虎形状的龙卷风吞噬了。我很抱歉，我帮不了他。”嘉德说，他停了停，几乎因为这句话而哽咽了，“我应当和他在一起的，但我想飞回去和你们会合，结果我被女王的蝙蝠抓了。”

听到这番话，大家都很失望，但随后嘉德的表情又突然灿烂起来。“雅克，看！”他从笼子的角落里拿出什么东西，“坎达丝一定在这里。”

他将那个东西递给雅克，那是坎达丝的兔子面具。雅克将它塞进背包，此时他没有时间深入思考。

一队女王的野兽注意到嘉德获得了自由，它们成群结队地冲过来袭击雅克和星星使者们。

在雅克的带领下，小队成员使用灯的能量，奋力从兽群中开出一条路。但让雅克惊愕的是，他们释放的能量越多，龙卷风就变得越强大。

“为什么我们无法用能量阻止龙卷风？”戴维问雅克。

“我不知道，好像龙卷风在使用我们的能量一样。”雅克说，朋友们发现他们无法有效地聚集能量，能量越变越弱，另外，那个老虎形状的龙卷风正从后面逼近他们。

“这就是你说的那个龙卷风吧。”戴维害怕地对嘉德说。

“我们完了。”嘉德大叫。

“专心。”雅克叫道，召唤着自己的能量，同时星星使者们也举起灯尽可能抗御这股势不可挡的风。就在他们以为自己要被狂风吞噬的时候，龙卷风的中心跳出一个年轻人，老虎裂开了，他跳了出来，龙卷风化为无数道小风飘散了。

“石头人！你还活着！”嘉德兴奋地大叫着，跑到年轻人身边。他眼里含着泪，脸上却挂着笑。

“你是怎么做到又哭又笑的？”戴维惊讶地问。

“在龙卷风的中心，风是静止的，从那个位置能控制住它。”石头人简单地说。然后他看着嘉德说：“你的英雄朋友再早点儿到就好了，女王正在通过鹦鹉兽传播致命的细菌。”然后，他又更凑近一点瞧了瞧嘉德，“看上去你也感染了，那些黑点可是不好的信号。你一定是用了许多光能量才抵御了那些细菌，现在我们需要聚集所有的能量，在我后面排成一队。”他要求道，然后拿出他的火之灯，举起了它。

小队成员们，尤其是雅克，对陌生人命令式的口吻有点儿惊讶，但他们也为他愿意挑起大任而感到欣慰。嘉德已经说过了他是星星使者，他有能量之灯。好像是为了打消所有的疑虑，善良的种子又从雅克的口袋里跳了出来，飞到石头人的身边，在他脑袋旁边跳起了舞。

“你看，他就是星星使者。”嘉德小声对戴维说，指指那颗能量种子。

“当我们使用能量的时候，龙卷风会变得更强，所以你确定我们要一起激活能量吗？”雅克问。

“听着，会有用的。”石头人说。他的笃定让他们感到放心，出于对他智慧的信任，小队成员愿意按他的要求去做，他们一起举起了灯。

“燃烧我们的心！提升光能量！为我们创造干净崭新的心灵！德纳米！”他用清澈有力的声音呼唤，声音从四周围绕着他们的岩石那里发出回响。

“施展你的力量，让一切都恢复纯净！”石头人继续说，火之灯开始向黑色龙卷风的方向吐出橙色和蓝色火焰。龙卷风正在到处喷射致命的细菌，它调转头朝他们冲来，但当它即将靠近时，它的能量迅速从他们的眼前消失了。

火舌蹦出，烧掉了那些散落在地面上的细菌，火焰也触碰到了许多图巴，杀死了那些正在摧毁他们的细菌，并且给予了他们能量，他们又能移动了，样子也改变了，现在他们看上去更像人类了。小队成员对火之灯的能量大为惊讶，石头人也为嘉德擦出了一些火花，他身上的黑点立刻褪去了，皮肤的颜色渐渐转变成正常。

“你们来石之城是有目的的吧。”石头人说，似乎对他们了若指掌，“我们最好一起去完成你们要做的事。”

“你怎么会知道我们的……”萨尔玛问。

“我耳聪目明，注意周围的一举一动！”他淡淡地说，“女王最近很不安，蝙蝠和其他动物经常会到这附近来说三道四。”

萨尔玛立刻为他介绍了所有的小队成员，也询问了他的名字。

“我是克莱特斯，”他告诉他们，“我是这座城市的星星使者，我看得出你们都拥有光能量，也知道你们需要我的帮助。”

小队成员很欣赏这位新朋友的力量和自信，这个强大的星星使者克莱特斯。

“我要救我的妹妹，”雅克平静地说，“野兽女王带走了她，她一定就在石塔里。”

“那好，我们去石塔。”克莱特斯没有一丝犹豫，“跟着我。”

“我们不需要先制定一个计划吗？”费迪问，他还没做好准备和女王面对面，其他人也有点儿担心，现在就要挑战他们的敌人了。

“好啊，有一个计划。”克莱特斯说，他坐在地上，拾起一根树枝，在沙土上画了一张地图。然后他开始解释起来，所有人都蹲在他身边，聚精会神地看着。

第十章　进攻石塔

小队成员非常仔细地倾听克莱特斯描述石塔的布局和周围环境。石塔是用各种不同尺寸的石头堆砌而成的，坐落在一座小山丘的顶上。小山丘的一边临海，只有一个入口能进石塔，那就是在塔顶的一个拱门，有一级向外突出的台阶。似乎女王和她的蝙蝠们都是从那里进出的，所以最简单的方法就是飞进去。从底部往上爬是既困难又危险的。

克莱特斯将大家分成两组。“你们四个负责将女王从塔里引出来。”他说，指着雅克、戴维、费迪和萨尔玛。“嘉德和我到塔里去救你的妹妹。”他对雅克说。

“我觉得我应该到塔里去。”雅克反对道，但克莱特斯阻止了他。

“女王在找你，你是她最好的诱饵。”他说，“你必须使用你的能量和她周旋，这两个厉害的家伙和这个女孩子，带上他们的灯，能成为你最有力的帮手。”

他看着嘉德，“你跟我来，”他说，“我们得进去，救那个女孩子，她叫什么名字？”

“坎达丝。”嘉德说，当他说出她的名字时，不禁特别担心，这个光彩照人的克瑞丝塔女孩会有怎么样的遭遇。

克莱特斯没有花太多时间向其他人解释他的计划，他们都知道会很危险，但他如此自信，让他们无法反驳。

“还有一件事我们必须先做，”雅克说，“如果你不介意的话，克莱特斯，安全起见，你能将灯里的光放一些到我的灯钥匙里去吗？”

克莱特斯没说什么，但马上拿出灯，雅克打开灯钥匙后，他就将灯的靛蓝光芒注入灯钥匙的第六格。然后他和嘉德一起，绕着塔，朝靠近海的那一边走去。

雅克领着其他人到了一块拔地而起的大而平整的岩石上，这里正对着石塔的入口。拱门的形状好像公牛张开着大嘴，黑漆漆的，寂静无声。四个人很想知道，女王此时正在里面策划什么阴谋诡计。

其他人一起举起他们的灯，雅克从他的上衣里拽出了挂在绳子上的灯钥匙，他必须为这场战斗调动所有的能量，灯钥匙的格子里闪耀着五彩光芒。

四个人一起用最高的声音喊道：“光的力量战胜一切！”他们将能量对准了石塔的顶端，射出一道闪电，爆炸使得塔出现了一个洞，岩石开始纷纷坠落。

一群小蝙蝠拥到了入口处，女王也出现在那个突出的台阶上，恶魔蝙蝠就站在她的身后。她似乎吓了一跳，疯狂地四处张望，直到她发现了站在下面岩石上的挑战者们。

“你们这些傻瓜！”野兽女王尖叫着，怒气冲冲地朝他们扑来。

在离他们还有点儿距离的时候，她停在了半空中。雅克想，她是不是害怕靠近他们，因为他们现在充满了光能量。每次他遇到女王的时候，她似乎都对他毫不畏惧，但他知道她的花样很多。她开始慢慢地在空中围着他们转圈，后面跟着一群小蝙蝠。

“你认为自己能为野兽世界重新带来光明？”女王嘲讽地说，扑打着她的黑色羽毛翅膀，挥舞着她的蛇手，“这个地方被巨大的力量统治着，微不足道的克瑞丝塔能量根本不足与我抗衡。你会向我俯首称臣的，否则你就会永远离开这个世界。你也无法收集到所有的灯，就算收集到了，也别想能靠它们来拯救能量树，它已经枯萎了，所有的克瑞丝塔人都已经淹死了。”

她的话让雅克很不安，克瑞丝塔人的命运真的像她说的那样悲惨吗？他尽力保持冷静，控制自己的光能量。“我们带来了光能量，能打败你。”他勇敢地说。

“你真的这样想吗？你连你的妹妹都救不了，怎么打败我？”野兽女王恶狠狠地笑道，“来吧，我的蝙蝠们，把女孩带来，让这个粗鲁的小男孩看看她。”

她转身飞回石塔的台阶边沿，几只蝙蝠飞进了石塔，几分钟后它们又出来了，带着一个长长的白色的包裹。它们围绕着女王打转，足以让雅克看清那就是坎达丝，她被类似裹尸布一样的东西包着，还用绳子捆扎着。女孩的脸色苍白得像纸，完全失去了意识。

“你瞧见了吗？我是怎么照顾这个漂亮的小天使的？她的能量现在去哪里了？”女王讽刺道。

“坎达丝！”雅克大喊，看见女王如此折磨他的妹妹，他既愤怒又痛苦。他一看到妹妹就浑身发抖，拼命想用意识和她沟通，却得不到回应。

“你想让她回来吗？把钥匙和灯给我，否则我就让我的手下把她扔进海里去。”女王叫道。

雅克浑身充满能量，他的伙伴就在他的身后支持着他，他思考着该怎么办。

“我觉得她没事。”戴维轻轻说，“她没有被变成石头，这说明女王没办法完全摧毁她的能量。”

“你能用你的树根抓住她，如果她掉下来，我就用网接住她。”萨尔玛对戴维小声说，她紧紧抓着她的灯。

“如果你们打算使用这些灯，我就会把她扔进海里去，这样你就再也见不到她了。”野兽女王警告道。

所以那是真的，雅克想，其实她害怕我们的能量！

雅克深吸了一口气，向前一步，两个星星使者就在他身边。“好吧，我想要回我的妹妹，你要的东西我都会给你。”他清楚地说。

“雅克，你不能这样做。”费迪生气地说。

“安静，”戴维小声说，“相信雅克。”

“把你们的灯给我吧。”雅克对萨尔玛说。

“我的灯？那我该如何使用……”萨尔玛说，但戴维瞥了她一眼，她不说了。

她照做了，但很明显她不喜欢这样做。

雅克拿到了灯，他身子微微转向戴维和费迪，“准备好了。”他说。他举起了灯，他们都看见黑色的翅膀在他背后打开。当他向女王飞去时，翅膀稳稳托住了他。

“给。”他说，猛地将灯朝女王那里戳过去，灯光芒万丈，女王和恶魔蝙蝠都情不自禁地后退了一步。“为什么你不拿着?”雅克问女王，再次将灯朝他们那里推去。他忍不住嘲讽起来:“哦，我知道了，它们太强大了，你需要另一种强大的力量来平衡它，你难道没有别的灯吗?它们能帮你。”

女王知道他说的是对的，“把另一盏灯拿来。”女王命令匍匐在她脚边的恶魔蝙蝠起来，他进入石塔，很快就带着费迪的灯回来了。

“你需要先激活它。”雅克说，“这样的话，当你接过我的灯的时候，它就会保护你，但同时，你得把坎达丝交给我。”

女王将灯举向空中，就像她之前看到星星使者们所做的那样，她也想激活它，但灯依然漆黑一团，毫无生机。

“没用，毫无用处。”她说，使劲将费迪的灯往地上扔去，然后小心翼翼地伸手去拿萨尔玛的灯，“现在给我那个。”

雅克纵身朝下坠的灯飞去，他的翅膀很好地支撑着他，他拿到了。然后他降落在费迪的身边，将这盏珍贵的灯递给他。费迪重新拥有了他自己的空之灯，激动万分。

“终于。”他说，当他将灯激活时，他脸上剩余的面具也掉落下来。灯释放出彩虹一般的闪亮光芒，那些在山坡上聚拢起来看热闹的野兽都被他明亮而英俊的脸庞吸引住了，种子也开始在他的头顶舞蹈起来。

就在所有人的注意力被分散的时候，戴维将他的树根对准了拽着坎达丝的蝙蝠，想把她从他们手里拖走。见到这一幕，雅克再次扑向了蝙蝠，但距离太远了，他们的努力失败了。

“我们可是有言在先的，年轻人。”女王对着雅克叫道，“回来，你欠我两盏灯。”

“但我的妹妹还没回来。”雅克说，“把她给我。”

费迪激动极了，无法做一个安静的旁观者，因为他突然感到自己力量强大到能抗衡野兽女王。

“宽广的天空，宽广的心灵，我能直飞蓝天！”

随着这些话，费迪像一只雄鹰一样飞上蓝天，然后向女王俯冲而去，一队蝙蝠立即冲出来保护女王，成百上千只蝙蝠围绕着费迪，用他们尖锐的牙齿啮噬他，迫使他回到地面。然后他们又开始袭击其他人。

“快！躲到这里来。”戴维说，指指他们身后岩石上的一条裂口。四个人设法挤进这道缝隙，将灯举在他们身前来吓退那些继续向他们冲来的蝙蝠，蝙蝠不敢靠得太近。

雅克和其他人凝聚起一股巨大的能量，并把它引向野兽女王。一道光环笼罩了女王，并消耗着她的力量，恶魔蝙蝠想要打破光环，但他甚至都无法靠近这道强光。

整个团队一起消耗女王的能量，女王越来越虚弱，被困在光环里。她的头发变得乱蓬蓬的，飘散在空中。她以前从来没有丧失过这么多能量。她惊恐万分地发现她的手变成了蜘蛛的腿，她唯恐力量的失去会让她自己变成一个动物。

拽着坎达丝的蝙蝠也变得越来越虚弱，为了躲避光能量，他们朝着海洋飞去。突然，他们没抓住坎达丝，坎达丝笔直朝大海掉了下去。她现在就像一个被冻住的娃娃，动弹不得，像一根木头一样硬邦邦地坠落，浑身裹着一层层薄薄的蜘蛛网。

雅克快疯了，“我们必须去接住坎达丝！”他大叫，跳下岩石朝大海飞去，他的心不断下沉，因为他发现自己根本无法及时接住她。

直接对准女王的能量突然中断了，这让她得以脱身，在恶魔蝙蝠的帮助下，她逃回石塔，消失了。

当他们用光环困住女王的时候，克莱特斯和嘉德从塔的后面绕了过来，正好对着大海那一面。他们看见蝙蝠带着坎达丝从塔里出来，不动声色地跟着，当看见坎达丝坠落的时候，嘉德毫不犹豫地飞了过去，想要接住她，但她太重了，结果两人一起跌进了海里。其他人都惊恐万分地看着他们被海浪吞没。

“我得去救她。”雅克说着，往海里冲。戴维行动也很迅速，放出他的长长的树根在雅克身后协助他。但还没等雅克跃入海中，两个脑袋已经浮出了水面。然后是第三个脑袋。佐拉背着坎达丝，强劲有力地朝他们游了过来，嘉德则跟在后面扑打着水花。

“哦，是佐拉！”嘉德狂喜地叫了起来。

雅克看见妹妹的欣慰完全盖过了他看见佐拉的惊讶之情。他将她冻僵的身体轻轻放在沙滩上，佐拉则帮着解开绑着她的绳子。雅克抓着坎达丝，紧紧地拥抱她，想用自己的身体来温暖她。慢慢地，她睁开了眼睛，原本紫色的眼睛现在变得更亮了。她什么都没说，甚至已经认不出雅克是谁了。

“坎达丝，我是雅克。你记得我吗？”他问，充满着期待，“我很抱歉，让野兽女王抓住了你，你能回来我太高兴了。”

但坎达丝看上去一片茫然，她正在发抖。

“你是不是还在生我的气？”雅克问，但她没有回答。

“也许她只是又冷又害怕。”戴维猜测。他们用雅克的斗篷把她严严实实地包裹起来。坎达丝看着他们，但她只是瞪着眼睛，并没有认出他们中的任何一个。

“女王一定给她施了不少法。”费迪说。

“我也觉得是这样，似乎她根本不认识我们了，”戴维说，“我们最好让她先休息。”

这时候，克莱特斯也来到围绕着坎达丝的人群里，“干得好。”他对佐拉说，拍拍他的背。他的动作提醒其他人，他们似乎都忘了说声谢谢。

“看到你我们真是太高兴了。”萨尔玛对她的朋友说，“你是如何及时赶到的？”

佐拉指指克莱特斯解释道：“他知道海洋生物彼此联络抵抗女王的信号，一发现坎达丝有麻烦，就马上通知我来了。”

“但你们两个是怎么认识的？”戴维问，“我们遇见你的时候，克莱特斯还不在呢，佐拉。”

“我们以前就经常合作，为了我们两座城的利益，”克莱特斯说，“需要的时候，我们都知道对方可以依靠。”

大家听到了都很激动，能有这样强大并且值得信任的朋友和他们在一起真是太好了。

“我不知道还有像你一样的人存在。”雅克说，“那些长期抵抗野兽女王的人，真的给了我许多勇气和希望。他们都和你一样吗？”

“超过你的想象。”佐拉说。

萨尔玛又看看嘉德，他跟在佐拉之后从海里爬了出来，现在正站在离大家远一点儿的地方，浑身滴着水，看上去很惨。

她轻快地对嘉德说：“你真勇敢！我们都看到你接住了坎

达拉。”

“是啊，如果不是嘉德打断了她的下坠，那么对我来说，找到她会难得多。”佐拉说，“她会沉到海洋深处。嘉德真是帮了大忙了。”

“为我们的英雄欢呼吧！”萨尔玛说，紧紧握住嘉德和佐拉的手，将他们的手臂举向天空。“哦，克莱特斯一起来。”她补充道，给了他一个灿烂的笑容。“没有他我们可没法救回坎达丝。”克莱特斯的脸都红了，转过身去。

“现在你妹妹已经回来了，我们要迅速离开这里。”克莱特斯用他一贯明确、直接的方式说，“跟我来。”

“首先，我们要把费迪灯里的光加入灯钥匙。”戴维提醒大家，“雅克需要所有这些能量。”

雅克取出灯钥匙，当费迪将灯放在钥匙旁边时，第三格弹开了，一束亮黄色的灯光注入其中。费迪忍不住笑了起来，他开心极了，现在他的灯光成了灯钥匙的一部分能量。

“现在，我们去哪里？”费迪问，“你有计划吗？”

“当然，”克莱特斯说，“跟着我就行。”

他领着他们离开了海边，到了城市的后方，先前就是在那里他带走了嘉德。雅克和戴维扶着坎达丝，她自己能走，虽然看上去还是很茫然，并且一言不发。雅克的心都要碎了，一直在为妹妹担心不已，所以有人带路正合他的意。

“很快会有一场大战，女王会不顾一切让她的蒙面动物来和我们作战。”嘉德说，他依然湿漉漉的，发着抖。“对我们来说，和她作战会更困难。”他补充道。

“我们已经得到了六盏灯，只剩一盏了。我们的能量在变强。必须把这个因素考虑进去。”费迪说，他一直是小队中最乐观的成员，现在他还重新获得了他的灯。

“是的，让我们乐观点。”戴维说。

克莱特斯领着他们越过岩石地，穿过灌木丛和荆棘林，在一块巨大的露出地表的岩石后面有一个安全区域。雅克将坎达丝安置在一个他能找到的最舒服的地方，然后坐在她旁边和她轻声细语，其他人都忙着建营地。戴维用干树枝点火，萨尔玛、费迪、嘉德都去寻找食物。萨尔玛从附近的一条小溪里钓了几十条小鱼，费迪和嘉德从周围的灌木丛采集了许多坚果和浆果。等他们安顿下来吃饭休息的时候，天已经黑了。

“奇怪，为什么野兽女王不来追我们？”嘉德好奇地问，他能感觉到黑暗中有什么生物正围绕着他们移动，他害怕是女王派来的探子。

“别着急。”佐拉说，他坐的地方离大家有一点点远，面对着大海，海面正不时地发出轻轻的咔嗒声，“我的海豚正盯着她呢，它们能收听到蝙蝠的信号，会发送给我。她和她的恶魔蝙蝠在石塔里，今晚没有出来的打算。我想他们这次真的被你们的力量给震撼到了。”

“你怎么知道的？”嘉德有点不相信，“你怎么能听到它们在说什么，我们什么都听不到。”

“蝙蝠和海豚的听力范围和人类不一样。”佐拉说，“蒙面总算也有点儿好处，自从我被蒙面成海豚，我就能听到更广范围内的声音。这个本领有时候非常有用，譬如现在，至少我们都安全了。”

等他们吃完，小队成员们蜷缩在火堆边讨论着下一步计划。他们还需要找到一盏灯，克莱特斯告诉他们，那应该在冰雪岛，离这里大约一天的路程。

“我本来还想给你们看些别的。”他说，“不过现在天太黑了，我们最好先睡觉，等明天太阳出来就出发。”

大家都表示赞同，他们把自己尽量弄得舒舒服服的，很快就睡着了。雅克将他的手臂围在妹妹的身边保护着她，他发誓以后再也不弄丢她了。

*****

在和雅克他们交战之后，野兽女王和恶魔蝙蝠一起撤回了石塔，她站在入口看着底下的场景，地面上到处都燃烧着星星点点的火焰，那是火之灯造成的。

“那只愚蠢的鹦鹉兽在哪里？”她问，“它本该用病毒削弱他们的力量，我们现在需要新的作战方式。”

恶魔蝙蝠做了个手势，一些蝙蝠立即飞了下去，从旋风落下的地方找回了浑身布满黑点、惨不忍睹的鹦鹉兽。

“将它扔进火里。”残酷的女王命令恶魔蝙蝠。

“不！我为您服务了这么长时间，我的女王！”鹦鹉兽哀号道。

“这世界上总需要有人牺牲的，我可是从人类那里学会这一点的。”女王说，“你必须为我牺牲，你对我已经毫无用处了。”

恶魔蝙蝠再次做了个手势，蝙蝠们直扑鹦鹉兽，把它扔进一个熊熊燃烧的火堆里。女王看见她的奴隶掉进火里烧死了，完全无动于衷。两条穿山甲蛇蜷着身子，等鹦鹉兽的石头心刚从燃烧的尸体里掉出来，便争先恐后地去抢，然后呈给女王。

女王紧紧握住石头心，在石头地板上来回踱步，她的眼睛里燃烧着怒火，虽然看上去很平静，却心意已决。

“让克瑞丝塔人去找灯吧。”她直勾勾地盯着恶魔蝙蝠，轻轻地说。“我什么时候可以学会蒙面？”恶魔蝙蝠打断了她，但女王完全无视他的存在。“让他们找到最后一盏灯，这样我们可以全部夺过来，以防今天这种情况再度发生。”她继续踱步，构思着自己的计划。

“等他们回来，我们就把他们引入同样的迷宫，那个迷宫曾经困住过科布，给他打上了印记。那个粗心的克瑞丝塔小男孩已经长出了黑色的翅膀，一旦我们将他带到那个充满暗能量的石头迷宫里，就能控制他，把他的能量全部变成暗能量。然后他就会成为我们的奴隶。把这块石头放进迷宫里，这种熟悉的能量会让他们迷失方向。”

“什么时候教我学蒙面？”恶魔蝙蝠坚持说。

野兽女王把鹦鹉兽的石头心交给恶魔蝙蝠，喃喃自语说：“以后吧，我保证。想象一下科布的脸色，当我和他那长着黑翅膀的儿子带着我的大军返回克瑞丝塔的时候……别担心了，我会教你的。”

第十一章　雪地暖意

雅克醒来的时候，太阳正从地平线上俯瞰大地，他是靠在一块大石头上睡着的，此时浑身僵硬。坎达丝仍然睡在他的身边，完全没有动弹。没看见佐拉，但克莱特斯就蹲在他旁边，正用一块石头将一些坚果捣碎。然后将坚果末倒进放在火上的金属锅里，开始用一根棍子使劲搅拌。其他人还在睡觉。

“你在弄什么？”雅克问。锅里的东西闻起来很香，是一种浓郁的树木的香味。

“这是用马力兹坚果做的，”克莱特斯解释道，“它们就生长在那边。”

雅克从来没有注意过坚果之类的东西，克莱特斯似乎知道这片土地上的许多秘密。

“只要往泥土下挖一点儿就能发现它们。”克莱特斯微笑着补充道。然后他撕碎了几片收集来的尖尖的叶子，扔进锅里调味，便宣布早餐做好了。他们两个吵醒了其他人，大家都很高兴看见一锅热气腾腾的美食等着他们。

“佐拉去哪里了？”雅克问。

“他回大海里去了。”克莱特斯解释道，“我们商量下来认为他待在那里会更好，能留意周围的动静，等我们需要他的时候，我知道如何召唤他。”

当他说这些的时候，雅克意识到虽然克莱特斯只是前一天刚认识的朋友，但已经自然而然地成为这个小队的领袖。奇怪的是，他一点儿都不介意。克莱特斯拥有如此渊博的知识，他自然而然地照顾大家，现在坎达丝也回来了，至少此刻雅克感到无比宽慰，能有另一个人来领导团队。

他们吃完早饭，收拾好背包就出发了。克莱特斯领着他们穿过一条小路，那里长满了齐人高的野草。

“我们要去哪里？”雅克问。他推开野草走到克莱特斯身边，克莱特斯指指不远处的一排石柱。他们到达那里，看见石柱一共有七根。

“我知道这个地方，”嘉德激动地说，“这就是你藏灯的地方，这里有一扇门，通向克瑞丝塔的门。”

“克瑞丝塔！当真？我们能从这里见到克瑞丝塔？”雅克问，他紧紧握了握坎达丝的手，但她没有任何表示。

克莱特斯拨开草，给他们看石柱中间的石头大门。“你们想看看克瑞丝塔世界吗？之前，野兽女王从没发现这扇门，所以你们才能在那里安享和平。”克莱特斯告诉雅克，这让雅克有一丝丝愧疚。

“想！我们想看。”其他人异口同声地回答，然后开心地大笑起来。嘉德上蹦下跳，克莱特斯让他们拿出各自的灯，一起激活，然后将他们所有的能量都集中在门上。随着缓慢的吱吱声，巨大的石门微微打开了。从窄缝里往门的另一边张望，那里有一座高大的悬崖，一道清澈的白光从远处的天际泻下。

“克瑞丝塔！我的家！我们的能量树！”雅克再次看到自己的家乡，即使只是远远的，也万分激动。

“那就是克瑞丝塔？感觉那里如此祥和，但有一点儿太安静了。”戴维说。

“那是能量树吗？它还拥有能量，还是全部烧毁了？”萨尔玛问，雅克没注意她的问题。

“有不止一个门通向克瑞丝塔吗？”雅克问，“这不是我来的路。”

“我听过这样的传说。有些人说野兽女王发现了另一条路，但我不知道在哪里。”克莱特斯说，“这是主门，但已经很久没有开启了。”

雅克拉着坎达丝的手，想带她靠近一点儿去看看克瑞丝塔，但她什么都感受不到，也什么都没说。爸爸、妈妈，我会带坎达丝回来的。雅克在心里叫着，他静静地站着，越来越焦虑。坎达丝，我们离家这么近了。我们能回去吗，爸爸？他拉着妹妹，红了眼眶。爸爸妈妈和我们的克瑞丝塔朋友正等着我们，我们必须救他们！坎达丝，请早日好起来！雅克忍住了眼泪，而他妹妹依然静静地站着，没有任何反应。

“如果我们去了克瑞丝塔世界，相信坎达丝一定会好起来的。”萨尔玛带着她那治愈的微笑说。

“克瑞丝塔有什么好吃的？”戴维说，其他人都笑起来，他们都试着让雅克放松一点。

“好吧，我们还在等什么？”嘉德问，“我们走吧！雅克！”

“你们现在有多少盏灯了？”克莱特斯冷静地问。

“六盏。”费迪回答。

“为了点亮能量树，你们需要七盏灯的光是吧？”克莱特斯追问道，他们都点点头，激动的情绪慢慢消退了。

“所以，你们只有六盏灯，怎么去那里？”克莱特斯问。

“这说明就算我们能亲眼看见克瑞丝塔了，也去不了那边？”萨尔玛问，她的声音透着浓浓的失望。

“你们当然也能选择没完成任务就回去。”克莱特斯对雅克说，“要么就继续寻找最后一盏灯。我们已经将门打开一点了，克瑞丝塔的一些光会进入这个世界，野兽都会看到它，甚至那些图巴都会看到。这会给他们带来希望。如果他们还保存了一些光能量，可以把一些光给能量树，这样也能拯救他们自己。野兽女王绝不希望这样的事发生，那会毁了她的王国。”

他们又抬头望了望克瑞丝塔所在的地方，就在他们头顶之上的悬崖，那个美丽的地方给了他们希望和力量，让他们继续完成自己的使命。

“在我们去最后一座能量城市的路上，我们会经过一个燃烧的热湖，对嘉德来说，在这样的高温里泡个澡会有帮助，可以确保那些病菌被彻底杀灭。”克莱特斯说，“也许也会让坎达丝好转。”

小队出发了，没多久，他们就来到了湖边，湖上弥漫着白色的蒸汽。

“我们能受得了这样的温度？”嘉德好奇地问。

“我们试试看。”戴维说着跳进了湖里，他希望这会让嘉德有勇气跳进来。

“想象一下！我们去克瑞丝塔后，会有多少好玩的事。”戴维说着，他的脸因热水的浸泡变得通红。嘉德和费迪也随他跳入河里，雅克和克莱特斯帮助坎达丝进入离岸不远的浅水，克莱特斯观察到，坎达丝在热水里似乎感觉好一点了，她开始环顾四周，他希望这能帮助她恢复。

“下一座城市的天气非常寒冷，所以趁现在尽情享受吧。”他对大家说。

在湖里泡了一个澡，每个人都既轻松又干净，小队终于要踏上最后一程了。他们高兴地跟随着克莱特斯，他告诉大家下一座城市的一些情况。那座城叫冰雪城，终年寒冬腊月，因为野兽女王抽走了那片土地上的所有热量，把热量储存在热湖里。

他们走啊走，地面逐渐出现了积雪，再深入一点儿，雪更多了，直到最后他们被一片雪原包围。

“好冷啊，这让我想起我们第一次进入禁忌之地时的那种寒冷，你还记得吗？”雅克问坎达丝。但他的妹妹就和这冰雪一样冷，完全没有反应。一群雪鹅人从他们的头顶飞过，星星使者朝他们呼喊起来，但他们没有理会，径自飞走了。

“这个世界上只有这个地方能看到冰雪。”克莱特斯说，“不幸的是，女王把这里永久冰封了。”

走了好几个小时，一座城市出现在他们面前，城市的四周矗立着高大的冰墙。

“这是什么地方？”雅克问。

“冰雪城。”克莱特斯说，“据说这里藏着一个大宝藏，但没人知道它在哪里。我相信等有朝一日女王厌倦了其他的娱乐活动，会来找它的。”他们慢慢沿着城墙走着，但没有发现进入城市的大门。

“是女王造成了这一切？”雅克问。

克莱特斯东看看西瞧瞧，不放过一点蛛丝马迹，“是的，但不是直接造成的。”他说，“她只是掀起了海浪，制造了一场海啸，这里以前气候温暖，被称为夏日之都，但她抽走了所有的热量，使它变成冰天雪地，当地人建造了这座城市，他们很害怕到外面去。”

“我们怎么进去呢？”戴维问，“我们必须进去找灯。”

寒冷中，坎达丝开始颤抖，雅克帮她把斗篷裹得更紧些，但那似乎不起作用。她完全不理他，自顾自往前走。克莱特斯走在她身后仔细观察了一番，注意到她身上似乎有什么东西在动。他拿出他的凿子，朝坎达丝的后背用力打去。她倒在了地上，晕了过去。

雅克无比震惊，一把掐住克莱特斯的脖子，他的翅膀张开了，手指变成了黑色，他正在变得异常强大。“你在干什么？为什么要袭击坎达丝？”他狂暴地问。

雅克将克莱特斯举了起来，他的手牢牢扼着他的喉咙，克莱特斯几乎无法呼吸了，其他的星星使者都过来阻止雅克，不让暗能量主宰他。

“你为什么这么做。”雅克还在狂叫。

萨尔玛注意到坎达丝的举动似乎自如一点儿了，她的身体不再那么僵硬。她说：“快看坎达丝。”

雅克放下了克莱特斯，跑向了坎达丝，每个人都焦虑地看着他们，坎达丝的姿势越来越放松了。

“打开她的衣领，你就会发现原因。”克莱特斯冷静地说，抚摸着自己的脖子。

萨尔玛拉下坎达丝的衣领，尖叫起来："天哪，那是什么？"

"是这里最毒的蛇，它已经绕在坎达丝脖子上很久了。"克莱特斯说。

"一定是野兽女王干的，她太残忍了。"萨尔玛说。

雅克跪在坎达丝身边，惊恐万分地盯着那条小黑蛇，然后转向克莱特斯问："你能除掉它吗？"

克莱特斯用凿子小心地将已经被他打晕的蛇移走了。"女王冰冻了她的身体，包括她的眼睛和心灵，所以她无法感知你的存在，我注意到，她只要接触热源就会好转一点儿。女王一定对蛇施了魔法，防止坎达丝说话。蛇暂时睡着了，但只要她说话了，它就会咬她，然后她会立即死去。"

突然，这条蛇醒了过来，试图咬克莱特斯一口，但他再次用力击打了它，把它打死了。大家的脸上都交织着恐怖和钦佩的表情，看着克莱特斯把死蛇扔到一边。

"我很抱歉刚才失控了，"雅克说，"谢谢你救了坎达丝。"

"没事。"克莱特斯说，"但如果暗能量对你的控制更强一点儿，你就有可能杀了我。下次一定要记住，如果它战胜了你，那会非常危险。"

雅克点点头，他俯身将坎达丝摇醒："嗨，你好吗？"

终于，她的眼睛看向了他，叫出了哥哥的名字。坎达丝看了看周围其他人的脸，当她的眼神与费迪相遇时，费迪注意到，她眼睛的颜色已经恢复如初，并且又有了暖意和神采。

雅克紧紧拥抱了她好一会儿。

"野兽女王在哪里？"她害怕地问，又看看周围，"我能感受到她的暗能量。”

“别担心，”雅克说，“她离这里很远。你和我们在一起是安全的。”

雅克帮她坐起来，搓着他妹妹的手，让她暖和起来。“她对你做了些什么？”他问。

“她没办法把我蒙面，也无法把我的心变成石头，所以她把我的整个身体冻了起来。”坎达丝慢慢地说，把手放在自己的胸口，“我想我的心仍被冻着，我不能激活能量，我不能在心里和你沟通，雅克。”

雅克紧紧抱住了妹妹，试着读她的心声。

坎达丝看见了雅克的黑色翅膀尖：“你的翅膀怎么了？我感受到的暗能量就是来自这里吗？”

“别太靠近暗能量。”她轻轻对他说，雅克点点头，但没有说什么。

萨尔玛问克莱特斯：“你知道还有什么能帮她吗？”

“现在我们不能做什么了，一旦心被冻住，这个魔法是他人无法驱除的。”克莱特斯说，他蹲下身子，告诉坎达丝，“只有你自己能做到，相信我，等你能做到的时候，就能重获力量。”接着，他猛地站了起来，对全体成员说：“我想我们现在该走了。”

“我想家。”坎达丝用小小的声音说，她被冰冻的时候，一直思念着克瑞丝塔，不断梦见它。即使这种思念让她如此悲伤，但这是让她活下来的理由。

“我也是。”雅克说，“我们只要再得到一盏灯就行了，可能还要再和野兽女王打上一仗，但只要我们做到，我们就能回家，重新看见爸爸妈妈。我答应妈妈要把你安全带回家的，记得吗?”他一只手放在坎达丝的肩头，一只手握住了她的手，决定再也不跟她分开。

“好吧，我们走了。”费迪对克莱特斯说。他们继续上路，沿着冰墙来到了一座大门前，大门就像玻璃一样，澄澈透明，但紧紧关着。

“哦，看。”雅克说，把脸贴近冰门，往城市里面张望，“这个地方全是各种被金子或珠宝蒙面的人，全都亮闪闪的，他们一定非常有钱。”

阳光洒下来，冰墙后的一切都变得熠熠生辉。

“他们可能可以透过冰看到外面，”克莱特斯说，“但只要他们不打开门，他们在里面就是安全的，我甚至认为野兽女王都打不开这扇门。”

“他们能看到我们?”雅克问。

“不确定。”克莱特斯说，他正在检查冰墙，东敲敲西凿凿。

“所以我们该做什么？如果我们无法在天黑前进去，我们都会被冻死的。”嘉德着急地说。

“我们一起敲门，同时发出巨大的声音。”雅克建议，“也许还可以使用能量种子，你们注意到它们弹出的节奏很优美吗?”

雅克放出了他的能量种子们，它们在冰上发出轻微的声音，“踢踢踏踏，踢踢踏踏”，小队成员们开始敲起门来，并随着能量种子的节奏呼唤，很快，能量种子跳起了一支舞蹈。

大家能看见一些被蒙面成动物的人类在城里走动，他们发出的声响让一只北极狐和一群小鹿朝他们的方向看过来，但其他人都熟视无睹。冰墙边角落的地上坐着一位女士，一副不在意的样子，往外看着似乎在研究他们。

“你觉得她正在看我们吗？”雅克说，“她可以帮助我们吗？”

雅克看了看大门和冰墙的接合处，发现那里居然出现了一条足够让一个瘦小的人通过的缝，雅克摸了摸冰，太冷了，差点儿冻伤了自己的手指。

“我可以从这里穿过去。”他说，“让我进去和她谈谈，请你们为我照顾好坎达丝。”他对其他人说。

“我很好，但你必须马上回来。”坎达丝说。

雅克从缝里挤进去，其他人在外面等着。突然，刮起了一阵巨大的冷风，它从冰缝里呼啸而过，几乎将雅克掀倒了。当他走过冰雪走廊时，他在心里默默对那位女士说：“请帮助我们！我能感受到你温暖的心。”

女士转过头看着他，看着他慢慢从冰缝里挤过来，朝她走来，在寒风中他低垂着头。

城外，朋友们簇拥在冰墙前，坎达丝被围在他们中间，这样可以让她少吹点风。天开始下雪了，他们渐渐看不清了。

“这比那场沙暴更糟糕，”戴维说，“萨尔玛，你的灯还能帮我们吗？”

“让我试试看。”萨尔玛说，她蹲下挡住风，开始激活灯，尝试了几次之后，她造出来一个泡泡包裹住了大家，它起到一点避风的作用，但仍然很冷。

“克莱特斯，你的火之灯能让我们暖和起来。”戴维建议，他帮坎达丝把斗篷系得更紧一点儿。

“不，这会破坏泡泡的，”萨尔玛警告道，“还是让我们挤在一起等等雅克。”

雪在泡泡的表面堆积起来，很快，除了圆圆的泡泡壁，什么都看不清了。他们就好像躲在一个巨大的雪球里，风猛烈地掀着他们，但由于六个人的重量压着，泡泡没有被吹走。

雅克看见萨尔玛制造了泡泡，也看见雪在泡泡上越积越多，很怕朋友们被雪埋了。他尽可能加快步伐，到了墙另一边那个一直在观察他的年轻女人面前。

“请问你能帮助我们吗？”他请求道，“我们需要你的帮助，得到这座城市的灯，我们要和野兽女王战斗，这也是为了解救所有被蒙面的人，你打开城门让我们进来吧，我们绝不会伤害你们任何人。”

雅克将手放在她旁边的冰上，用光能量传递给她温暖。

“你不想从野兽女王的统治下获得解救吗？”他问。

但那个女人没有回答，她和她的伙伴们一直相信冰雪城是安全的，对他们来说，这已经足够了。她用清澈的目光望着雅克，她的脸有一半覆盖着黑色的、破损的皮肤。

“如果我们打败了女王，你就能解除蒙面。”雅克说，“请为我们打开大门，我的小队都被埋在雪下了，如果你不帮助我，他们会死的。”

她想了一会儿，然后站起来离开了，雅克看见她长着哈士奇的腿。

雅克不知道如何是好，如果没人帮助他的小队，他必须去帮他们脱离那个冰冻的地方。突然他想到了父亲。在心里暗暗问道：爸爸，我怎么做才好？然后他又想到了坎达丝，试着用心声和她沟通，在感受到她内心的一瞬，他感到欣慰，但因为她很平静，雅各转念一想，又恐惧起来：这是不是说明她放弃了？

他奋力从冰缝挤了出去，跑回到泡泡被雪埋起来的地方，开始挖雪，试着找到他的朋友们。

“和我说说话，坎达丝。”雅克祈求着。

他妹妹的心微弱地回应了：“雅克，我正在听着呢，请快点儿去拿灯吧，我还好。”雅克感到很宽慰，但他知道他无法离开这个小队，否则他再也找不回他们。

突然他听到身后传来一个声音，冰雪城的那个女人跑来了。

“我知道我看上去很奇怪，这是我要躲起来的原因，也不想跟你说话。”那个女人说道，“野兽女王用黄金和钻石把我们蒙面，我们曾无比珍视这些东西，直到我们失去了自己的人性。我被你的坚持打动了，我希望自己能帮上忙。”她说，又害羞地补充，“我是芭拉。”

“你们的遭遇，太让我难过了，芭拉。”雅克说，“谢谢你来帮我们，如果我们得到足够的光能量，就能帮助所有人解除蒙面，别担心。”

“我想帮忙的，但我打不开那扇大门，我是通过城市的一条地下河来到这里的。”芭拉轻声说。

“你能帮我找到城里的星星使者，并且得到灯吗？”雅克问。

“星星使者？我们城市的灯？”芭拉温和地说，“很长时间没人提起这些东西了，是的，我知道灯在哪里，跟我来。”

她转身要走，但雅克叫住了她：“等等，如果我们离开这里，怎么再找到我的朋友们呢？”

“我知道这个位置，这里靠近我经常坐的地方，别担心，我会找到的。”

“我和你一起去，”雅克说，看着芭拉的腿和脚，“但我怎么跟上你？”

“试试它们。”芭拉说着，递给他一双可以系在鞋子上的冰刀，他紧紧拉着她，一起在冰上滑行起来，天寒地冻，但雅克觉得很好玩。不一会儿，他们到了一条宽阔的河边，它沿着城墙流淌，最后消失在城墙下。

“我们要从这里穿过去。”芭拉说。

“你的意思是，到水里去？”

“是的。”她说。

雅克环顾了一下周围，看看是否还有别的路，他看见一队北极狼人正在朝他们飞奔而来，看上去十分不友善。他不想在这么冷的水里游，但也别无他法。

“拉着我。”芭拉说，然后他们一起纵身跃下。

“为了我的家人。”雅克小声说，集中注意力想着坎达丝和朋友们，他必须救他们。

水里彻骨寒冷，但雅克惊讶地发现他很快适应了这个温度，能够自如地游泳。水里有许多生物，全部覆盖着冰，有巨大的海豹，五米长的鲨鱼，鲨鱼嘴里还有一条小鱼。

“为什么它们这么大？”他问在他身边游着的芭拉，她的哈士奇腿让她游得非常好。

“当它们刚被蒙面的时候，它们还很小，”芭拉说，“然后时间流逝，它们身上覆盖了越来越多的冰，所以就长啊长啊，这是它们保护自己的一种方法，当被冰封住的时候，蒙面过程就会变慢。”

这些生物对芭拉很友好，一头大海豹驮起了芭拉，一条鲨鱼带雅克穿过河流到达冰雪城的入口。这么好的姑娘居然被蒙面了，这让雅克很难受，他有一种强烈的信念，一定要把这残酷世界里的每个人都救出来。

进入城市要经过一条长长的地下通道，雅克害怕游过去的话，无法长时间不换气。但芭拉游过来，领着他来到一条大鲨鱼的嘴边，她敲敲鲨鱼的鼻子，让他张开嘴巴，然后就拖着雅克跳进了鲨鱼的嘴里。雅克和芭拉一直滑到鲨鱼的肚子里，他对她的所作所为惊讶极了，但她确实救了他，鲨鱼肚子里的水很浅，他们能再次呼吸了，雅克之前吞了不少水，现在连连咳嗽。

“真不敢相信，我们居然游进了鲨鱼肚子。接下去怎么办？”他问。

过了一会儿，芭拉低声对鲨鱼说了几句话：“让我们出去吧。”鲨鱼张大了嘴，使劲把他们吐到了水里。雅克和芭拉已经进入城市了，但他们被一股强大的水流裹挟，无法放慢速度，也无法调整方向。

“抓住一截树根。”芭拉指示道，河岸边长着许多光秃秃的树，雅克抓住一截巨大的树根，想把自己拖出水面。他刚爬到树边，突然又跌进一个深深的洞里，那里黑咕隆咚什么都看不见，他似乎滑进了另一条隧道，最后进入一个巨大的洞穴。

“芭拉，你在哪里？”雅克很怕失去他的向导，甚至有那么一瞬间他对她产生了怀疑。两颗能量种子从他的口袋里跳出来，给了他微弱的光芒。“哦，你们还好吗？”他对它们说，感到有一些安慰，他的种子还在，但芭拉离开他了吗？好吧，我能靠我自己的，他想，一定有办法出去。

雅克看见前面的小路有光在闪烁，他循着光过去，越走越快，甚至跑了起来。突然他停住了，他震惊地发现光的来源。一座巨大的金银财宝山矗立在他面前，一个念头立刻跳入他的脑海：如果我拥有这些，我将能统治世界！他的黑色翅膀尖突然更大了一些，但他体内的光能量胜过了暗能量，诱惑只是一闪而过。雅克暗暗震惊，他意识到贪婪能左右人的心志，它比细菌更危险。

他看到芭拉也滑到这里来了，她就坐在宝山的旁边，看上去和他一样震惊。

“我们找到失落的宝藏了，”她激动万分地说，“如果我将这些财宝交给女王，也许她会同意为我们所有人解除蒙面，如果我们拿走这些财宝，也许我们能买回那些被女王变成石头的心。”

“这宝藏属于谁？”雅克问。

“这一定是女王蒙面我们之前，城市里的藏宝地，这也是我们没人离开的原因，这笔财富是我们唯一的希望。”芭拉解释道。

雅克说：“我们克瑞丝塔人不这样，我们没有财富，但一样很快乐。”

闪烁的能量种子飞舞在雅克的周围，让他的脑子一下子清醒起来，他想起来这里的目的：“宝藏没有用，我们需要找到灯，它可能会在哪里？”

“我记不太清楚了，但我希望能帮上忙。”芭拉说。

“谢谢，芭拉。”雅克感激地说，温柔的种子开始围着她跳舞，雅克意识到她一定是最后一位星星使者。

雅克和芭拉从宝藏的咒语中挣扎出来，离开了那座金光闪闪的宝山，在宝藏后面有一条通往上方的长楼梯，既然他们已经在隧道里滑了那么长的路，他们猜测一定要向上走，才能返回城市。他们爬上楼梯，到了顶端，一扇门出现了，这扇门正通向冰雪城。

雅克看见许多人被钱、金子或者首饰蒙面，其中一些似乎正拿着什么昂贵的东西想藏起来，金子完全没有让他们变得更好看，而使他们看上去十分怪诞。

雅克抬头看见城市大门上方有一个支架，里面有一个透明的球体，银把手上镶嵌着闪闪发亮的宝石。

“哦，是的，我想起来了，我能帮上忙。”芭拉说，顺着雅克的目光望去。她用一根靠在大门旁的长杆子，把灯挑了下来接住了。“这是地之灯，”她说，“从我们的城市被变成冰天雪地以来，它再也没被使用过。”

“太好了，这是最后一盏灯了，你知道怎么激活它吗？”雅克问，他取出能量种子帮助她。

芭拉用双手拿住灯，温柔地摩挲着它，仿佛这个动作能使它暖和起来。能量种子在她身边翩翩起舞，她缓缓地说：“给我一道比雪还白的光，给我一道让所有的心闪亮的光。”

她说着仿佛回忆起一些很久以前的事，灯迅速被激活了，发出稳定的紫光。随之，芭拉脸上的面具掉落了，雅克看见了她美丽的脸。

“你真的是星星使者。”雅克说，兴奋地看着她。

“是的。”她自豪地说，“我几乎已经忘记了，我以前总是忙着帮助那些需要帮助的人。”

“你能和我们一起吗？我、我的妹妹，还有其他的星星使者。”他说。

芭拉没说什么，但过了一会儿，她点了点头，雅克觉得自己的心都快蹦出来了。

他们两个人的光能量将所有飞舞的雪花吸引过来，雅克想：这景色真是太美了。

接着，他注意到芭拉激活了灯之后，冰雪城的大门开始缓缓打开，与此同时，一道橘色的闪电划过，冰墙开裂，狂风呼啸着席卷城市，大块的冰纷纷坠落。雅克和芭拉惊恐地看到，城门上的冰掉下来，堵住了通向外面的狭窄通道。

*****

女王的众多间谍们早就捎信给女王，向她报告雅克和他的朋友到达冰原的消息，她怒不可遏地走到台阶边沿上，打算用恐惧充满人们的心，这样就没人再敢帮助雅克他们了。她降下闪电风暴袭击冰雪城，现在闪电劈开一切，摧毁城墙。

这一次，雅克不再为身边的危险感到忧心忡忡，他对打败野兽女王非常有信心，现在他有七盏灯了，他必须离开这里，救出他雪下的朋友。

“到我这里来。”他对芭拉说，头上正不断有冰块掉下来，“小心！”

“我不能走。”她说，“我要救这里的人。”

雅克看看周围，几百个被蒙面的人从冰块后面出现，他们既害怕又困惑。

“我们得通过大门，怎么才能让他们安全离开？”雅克问。

“我带他们去隧道。”她说，并开始对那些人大叫，“我们被袭击了，请跟我来！”

人们穿着五颜六色的衣服，许多人戴着沉重的首饰，一些人朝芭拉跑来，但另一些人又跑去拿他们的金子和宝物。

“别带你们的东西了，现在跟着我走就行！”芭拉不耐烦地叫道，她无法再等了，拔腿向隧道跑去，领着那些愿意跟随她的人。她往后看了一眼，许多人都被压在从墙上坠落的重重的冰块下，这残酷的一幕把她吓坏了。

雅克派了一些能量种子去协助芭拉，但他还是有点失望，因为她再次抛下了他。突然他胸口涌来一阵暖意，那正是灯钥匙悬挂的地方。他看到那把钥匙正散发出温暖的光芒。这启发了他，也许可以使用火之灯的光来融化冰雪，解救他的同伴，但没有芭拉的帮助，他能找到他们吗？

他从半开的大门通道那边迅速走过，堆在墙上的雪比他的头还高，他的妹妹和朋友们都被埋在雪下的某处，他沿着墙走到他觉得应该是的那个位置。他很想知道如果他释放出火，冰墙融化会发生什么，会有很多水吧，但他必须试试。雅克裹紧了斗篷，拿出了灯钥匙，打开了第六格，放出了火之光。

“火之灯！给我热量！”一束光射向了冰墙，火焰从墙里冒了出来。在冰水中游泳后一直冻得发抖的雅克立刻感觉暖和了起来。雪堆和部分冰墙开始融化。

“嗨！”萨尔玛叫道，因为热，泡泡破裂了，融化的雪浇到了全体小队成员的头上。他们浑身都滴着水，一边拍着头上和衣服上湿漉漉的雪，一边高兴地看到雅克安然无恙地回到他们中间。

“接下来我们怎么做？”戴维热切地问，打算继续他们的使命。

“你不认为我们应该解救这里所有的人吗？”克莱特斯问雅克，雅克点点头，克莱特斯又说：“会有很多水，我们要抓住彼此。”

说完，他拿着灯抵在冰墙上，冰墙依然在大块大块裂开。一个巨大的火球从墙中喷出，使整堵墙都融化了，轰然倒塌成滚滚水流。

现在小队和冰原的居民们面临一个新的危险。冰融化成的水，掀起巨浪，眼看就要将他们卷走。但尽管波浪激荡，克莱特斯仍然像石头一样直立着，在大水要把他们卷走的时候，他抓着坎达丝，又吩咐嘉德抓住他。作为一名游泳健将，萨尔玛轻而易举乘风破浪。戴维用他的根牢牢固定住了雅克和费迪，在水流沿着开阔的平原奔行的时候，他们三人互相支撑。

他们在水里苦苦挣扎时，稍远处有一道金色的光闪现，一座金山从洪水中升起，山顶赫然站着芭拉，手里举着地之灯。

“清理我们可爱的土地吧！”她对着灯叫道，水开始退散，流向离城市较远的湖泊，克莱特斯仍然站着，坎达丝坐在他的肩头，嘉德在他们头顶展翅飞翔，安然无恙，并随时准备伸出援手。克莱特斯举起他的灯，用火之灯的力量增强芭拉的威力，将光和热传遍大地。空气变得暖和起来，平原上的融雪形成一条条涓涓细流。

“让火纯净你的金子！”他宣告，金山发出更夺目的光芒，并开始融化，像熔岩一样流淌。此时太阳正要落山，在夕阳的映照下，银色的河水和闪烁的金光在平原上交相辉映，折射出一幅美丽的图景。被水冲到城外的蒙面人现在都站起来了，聚拢到一块，敬畏地盯着黄金从他们脚边流过。

雅克和他的伙伴们从水里出来，都围绕在那个用灯控制洪水的女人的身边。她站在残存的金山上。大家依然冷得发抖，所以克莱特斯激活了他的灯，将光和热传播到他们周围的一个大圈子里，他们立刻暖和起来，似乎他们是在室内而不是在遍布融雪的平原。

“哇！”萨尔玛欢呼起来，看着周围，“现在看看这个地方，多美啊！”

坎达丝也被这闪耀的美景打动了，她的脸熠熠生辉，自从被野兽女王俘虏之后，她第一次表现出高兴的样子。她弯腰摸了摸脚边闪烁的金子，捡起一个小饰物放在口袋里。

克莱特斯拍拍芭拉的肩膀。似乎要确认一下她是不是真实的。“你一定是冰原的星星使者，”他说，“这太棒了！”

“是的，我能帮你们做什么吗？”芭拉温柔地说，害羞地看着地面，“只要我做得到，做什么都行。”

由于使用了灯，她的蒙面状态完全被解除了，连腿都恢复了人类的形态，“我又拥有自我了。”她快活地大叫。

“我们得到七盏灯了。”嘉德宣告，他一边欢快地绕着圈手舞足蹈，一边将水泼洒在其他人的身上。没过几分钟，所有人都在金山上跳起舞来，欢呼着，庆祝又获得一个胜利。

“是的，我们最终找到了七位星星使者和七盏灯，”雅克说，“谢谢你们每个人，如果你们中的任何一个放弃了希望或丧失了意志，我们都无法完成这一使命。”

“我希望佐拉也在这里分享这一喜悦时刻。”萨尔玛自言自语道，她想起了一位不在场的伙伴。

“我们很快就能见到他了。”克莱特斯说，“记住，还没结束。”

“说得对，”坎达丝说，“我们必须回克瑞丝塔，救活能量树。”自从她能说话以来，这是她第一次提到他们的任务，雅克拉起她的手，紧紧抓住。

“我们为什么不带走一些金子?”费迪建议道，弯腰捡了一些脚边依然完好无损的金币，“可能真的有用。”

他站起来，把金币放进口袋，戴维和嘉德看着那些金子，它们似乎突然变得非常有吸引力，他们忍不住也捡了一些。

“不!”芭拉高声叫道，打断了他们。她走到费迪身边，把他口袋掏空，将金币重新扔到地上。“这些金子只会带来不幸，我们城市的人就是被它们控制了，别碰它们。”她的目光中带着怒气和决心。

“好!”费迪懊恼地说，“我只是觉得可能会有用。”

戴维和嘉德也从金山边走开了，他们都有点羞愧。

“大家到这里来。”雅克说，迅速将人们的注意力从金山那里引开，“我们必须填满灯钥匙。”

他请克莱特斯用灯里的光重新注满第六格，因为之前的已经被他用掉了，然后又让芭拉将灯里紫色的光注满第七格。灯钥匙满了，雅克啪的一声合上，钥匙变得温暖起来，开始散发出强烈的彩虹光芒，仿佛它自己拥有了生命和能量。雅克感受到自己浑身也充满了能量，变得不可战胜，所有对未来的恐惧都消失了。

“走，我们已经准备好了，”他说，“芭拉，你跟我们一起吗?我们要去和野兽女王战斗。”

他说话的时候，人站得笔直，看上去如此高大，其他人都注意到他身上散发出一种光芒。重新掌握领导权后，他的语调也充满了力量。甚至连克莱特斯也带着一种新的敬意注视他。

“我很高兴能和其他星星使者一起并肩作战。”芭拉说，她现在也勇气倍增，“我不是很厉害，但我的灯有一些令人惊奇的力量，也许派得上用场。”

“好极了，那么，让我们出发吧！”雅克说。

在落日余晖中，小队离开了冰原，平原上此时聚集了几百个被蒙面的人，他们齐刷刷注视着这些成员。融雪下，褐色的土壤开始显现，突然，几百个人唱起了歌，对那些将他们从冰冻世界解救出来的人，表达谢意和祝福。

第十二章　陷入迷宫

大家都很激动，很希望能回到那扇通往克瑞丝塔的大门那里去，他们走得飞快，叽叽喳喳地聊着天，穿过湿漉漉的平原，回到燃烧的湖。等他们抵达湖边时，天色已经很黑了，但依然能看到湖水涨得很高，并且已经不再冒烟了。他们找了一块干燥的地方安顿下来，简单吃了一些克莱特斯放在背包里的坚果饼干和干果，就睡了。

早上，他们都决定在湖里游个泳，融化的雪水流入湖里，将湖水的温度降至一个舒适的程度。雅克很高兴看见坎达丝拥有更多能量了，她几乎和以前一样了，跟着他游泳，用水泼着他和其他人。这么长时间以来，他再次听到她开心的笑声。雅克突然涌起一阵对家的想念，想念他们曾经拥有的无忧无虑的生活，一切还能回到从前吗？

早饭大家吃了萨尔玛捕捞的、克莱特斯烹饪的鱼，克莱特斯总是第一个醒来，早早开始干活，生火，找可以给鱼调味的香料。小队成员们也不断为他的多才多艺和足智多谋而惊叹不已。他们情绪高涨，收拾好东西便向石头城进发。

他们在路上聊着天，吸引了很多蒙面兽人的注意，他们躲在草丛或灌木后偷偷摸摸地看着小队成员，有些上前和他们搭话，渴望结识融化了冰城的英雄，这件事已经广为流传了。

他们离石头城越来越近了，近到都能看到标记着大门位置的七根高高的石柱，这时嘉德突然发出一声警告。“小心！”他叫道，指着离石柱有点儿远的地方。

两个云团正在向他们逼近，一个在地面上，一个在空中。很快他们就知道，地面上的云团其实是穿山甲蛇野兽军团，而空中的云是蝙蝠军团。两股力量都在不断逼近，天空因为成百上千的蝙蝠而变得黑沉沉的，它们拍打翅膀的声音混合着无数穿山甲蛇在地上滚动时发出的奇怪的咕噜声。除此之外，还有一队队被蒙面的大动物，由几十只老虎和狼带队。

克莱特斯率先反应过来，他一手抓住雅克，另一只手抓住坎达丝，然后指挥星星使者们以双胞胎为中心围成一个圈圈，并拿出了他们的灯。他站在圈圈的一边，面对着冲过来的大军。

“德纳米！”雅克叫道。

“光的力量战胜一切！”全队齐声高呼，他们的声音在空中回响。六盏灯发出的光带着噼啪声直射云霄，那光芒如此明亮，几乎亮到怪兽大军无法看清了。它们停下了脚步，有些转身逃走了，有些踯躅不前，害怕靠近他们。

“克瑞丝塔，接受我们的力量吧！德纳米！”雅克呼唤，星星使者把灯举向天空，一条充满能量的光路飞向克瑞丝塔的方向。

坎达丝紧紧抓住哥哥的手，“我们很快能回家了。”她在心里对雅克说。

雅克高兴极了，他又能和妹妹用这种方式沟通了。“是的！”他用心声回答。

在蝙蝠军团中央，野兽女王看见小队爆发出巨大的光能量，下定决心要阻止他们。她命令蝙蝠们快飞，用翅膀形成一道墙堵在小队和克瑞丝塔之间，而她和恶魔蝙蝠飞到蝙蝠墙后面，聚集他们所有的暗能量来抵御光能量。光能量的光路击中蝙蝠墙发出耀眼的光芒，但女王的力量非常强大，将光路反弹了回去。

“你们永远赢不了。”她冲着小队尖叫，“你们这些可怜的家伙妄想摧毁我的力量！拭目以待吧！你们会永远在我的掌控之中，我的野兽大军将会见证这一切。”她咯咯笑着，随着蝙蝠护卫们飞走了。

这支队伍因为自己的失败而大惊失色。

“也许克瑞丝塔离这里太远了，”克莱特斯说，“我们还是要到门那里去。”

“也许是我们少了一盏灯。”萨尔玛指出。

“我的灯钥匙里有从海之灯里收集的光。”雅克说。

“你一定要保存好它，带到克瑞丝塔去点亮能量树，之前可不能使用它。”戴维警告道。

“看。”嘉德喘着气说，他指着数以百计正打算进攻他们的野兽大军，再尝试一次灯钥匙肯定是不行的。

“戴维，召唤电闪雷鸣，”克莱特斯说，“光能吓退这些野兽，这样我们就能继续向门前进。”

“闪电和雷鸣的力量，赐予我们终极之光！”戴维呼唤道，朝着野兽女王的方向高举他的灯。

一道闪电几乎打中了恶魔蝙蝠，但他身子一扭，设法躲开了。闪电击中了一棵大树，立刻燃起熊熊的火焰。火焰照亮了周围，雅克的小队可以看得更加清楚了。

“让我们两人一组配合。”克莱特斯指挥道，“不管发生什么事都别让他们把我们分开。”

“坎达丝仍然很虚弱，”雅克说，“我要和她待在一起。”

“我能给你指一条捷径。”芭拉说，“我知道这里离冰原的边界不远，有一条秘密小道可以通往柱子那里。”

“好极了。”克莱特斯说，“芭拉，你和戴维一队，你们带路。雅克和坎达丝，费迪和嘉德，你们是第二拨。萨尔玛，你和我在一起。戴维要留意四处，我们不能让野兽女王靠得太近。”

“我数到三，然后我们就开始跑。”戴维说着冲雅克和坎达丝点点头。他突然回忆起以前初次相遇的时候，那时他还是蒙面的状态，为了引起他们的注意在树林里穿行的往事。

“我们能行。”雅克自信地说。

芭拉举着地之灯带头走了，戴维、雅克、坎达丝跟着她。她领着他们穿过一条两边都是灌木的小道，很快就到达了石头城边上的小山。山脚下的灌木又高又密，枝条纵横交错，很难穿行。她找不到那条秘密小道了。

“我确定就在附近。”她有点焦虑了。

就在这时，一个巨大的白色蒙面狼人从一块石头后面窜到他们面前，星星使者们立刻举起他们的灯防御。

“别害怕，我知道你们是谁。”狼人平静地说，“我听说你们在冰原干的事，我能帮助你们找到路，跟我来。”狼人转身朝着山丘之间一个狭窄的山谷走去。

“我怎么会迷路？”芭拉尴尬地说。

“别担心。”戴维安慰她，“似乎我们在这里交到不少朋友，幸运的是，我们有了个狼向导。”他们只用了几分钟就到了山谷，狼人将他们领到一块堵在道路中间的大石头跟前。

“入口就在石头后面。”他指着石头说。

果然，当他们绕过去，就发现一条整齐划一的小路通向茂密的灌木丛。

“那里有许多石头，荆棘丛生，要小心，它们的刺也都是有毒的。”狼人警告他们说，“一直往左走，就能找到你们要去的地方。”

他们很感谢狼人的引导，虽然有点担心其他伙伴能不能发现这条路，不知道是什么耽误了费迪等人，他们并没有跟上来。

“不要紧，我会留意，把他们也领过来。”狼人让他们放心。

再次感谢之后，四个人踏上了小路，兴奋地想着这趟艰难旅程即将结束。

*****

费迪没有跟着其他人，他将手搭在嘉德肩膀上，让他停下了脚步。“嘉德，我们的飞行能力不比恶魔蝙蝠差，”他说，“我们去抓住他。”

“行。”嘉德毫不犹豫地说，他为自己的勇气感到惊讶，他和费迪一起，他们的两盏灯散发着能量，让他觉得可以做到。

克莱特斯也立刻赞同了这个计划，“要小心一点儿，注意那些围绕他的蝙蝠喽啰。”他提醒道。

“好的，我们走。”费迪说着，举起了空之灯。嘉德也穿上了他的羽毛外套，双双飞走了。

“蝙蝠的视力不好，我们先用网抓一些小蝙蝠，然后再去追恶魔蝙蝠。”嘉德建议。

“我们去哪里搞到网？”费迪有点疑惑地问。

“我们能用这里长长的野草编几个，这些草很坚韧，我知道怎么做。弄些草，再从灌木那里弄一些柔软的枝条。”

“那一定会让他们大吃一惊。”费迪咯咯笑着说，“嘉德，我不知道你这么心灵手巧。”

两个人飞到杂草丛生、靠近灌木的地方。费迪受到朋友灵感的鼓舞，十分高兴，但他发现一些小蝙蝠在跟踪他们，“你编网的时候我来引开他们，等你准备好了，你就飞出来。”他说。

费迪飞走了，正如他所料的，小蝙蝠立刻跟上了他，这些小家伙真是烦人得很，它们靠近后，就用锋利的牙齿咬他，拦着他的去路。费迪忍受了半天，有点儿不耐烦了，为什么嘉德还没有好呢？

嘉德从灌木丛中扯下一根又长又嫩的树枝，弯成一个大圈，很快就把几缕长长的草编织成网。在他干活的时候，突然飞出了几十个小飞鼠人，他吓了一跳，手上正在编织的网掉在地上，他拿起灯来保护自己。

“别靠近我。”他警告这群小飞鼠人。

“你是克瑞丝塔人吗？”其中一个大一点儿的小飞鼠人问，“我们听说有一些克瑞丝塔人到我们的世界来了，我们不想让克瑞丝塔人把麻烦带到这里来。自从他们来了之后，麻烦就没有断过。”

“不，我不是克瑞丝塔人。”嘉德告诉他们，“但我和野兽女王战斗。”

“你们打算怎么做？”小飞鼠人好奇地问。

嘉德告诉他们自己是一个星星使者，给他们看了他的灯。他告诉他们已经有很多人和他一样挺身战斗，小飞鼠人听到这个消息兴奋地上蹿下跳。

“我们想要帮助你们。”小飞鼠人说。

“那我们就一起干活吧，我们需要迅速织完这些网。”嘉德说。

小飞鼠人开始帮他织那些抓捕恶魔蝙蝠及其同伙的网，这些网可是越多越好。

当费迪回头去找嘉德的时候，一群五彩斑斓的蝴蝶兽女子加入了包围他的蝙蝠群，他发现她们散发出的甜味会让他分心。

“来加入我们吧。和我们一起寻开心，就和你以前一样。”一只美丽的蝴蝶兽用诱人的语气说。费迪忍不住看着她，觉得她实在是可爱极了。整群蝴蝶都围绕着他，开始把他往别的路上引去，蝙蝠则尾随着。

听见蝙蝠拍打翅膀的声音，嘉德抬头望去，看见费迪正处于危险中。即使知道会被蝙蝠发现，他也顾不了那么多了，连忙跑出灌木丛大叫道：“费迪！费迪！”

来不及用网了，嘉德心想。他激活了风之灯。

“吹吧，吹吧，随风飞舞！”他对灯说。一阵风朝费迪卷去，弄乱了他的头发。他立刻醒悟过来，四顾找寻嘉德的踪影。

嘉德一离开隐蔽地，蝙蝠就朝他扑去。小飞鼠人已经编完了几十张网，他们展开翅膀，将网一个接一个地罩在了蝙蝠的身上，这样小蝙蝠就无法再飞了，纷纷落到了地上。小飞鼠人立刻用石头将网压住，困住了它们。小蝙蝠看见自己同伙的遭遇，纷纷陷入恐慌，四处奔逃。铺天盖地的蝙蝠群被打散了，连天空都显得明亮多了。

恶魔蝙蝠飞过去查看情况。“待在你们各自的位置。”他朝小蝙蝠下命令，但它们都太慌乱了，压根不听他的，空中到处都是没有方向乱飞成一团的蝙蝠。

瞧见这样的好机会，费迪举起了他的灯，直接飞到了恶魔蝙蝠面前，他满面生辉，自信满满。他和他的对手差不多高，但是恶魔蝙蝠有宽阔的胸膛、肌肉强壮的胳膊和翅膀，让他看上去比瘦弱的费迪更有优势。

“收手吧，恶魔蝙蝠！”他喝道，然后带着几分嘲弄说，“我打赌你抓不到我。”

举起空之灯，他掀起一阵旋风，乘风飞翔，看上去像一只寻找猎物的雄鹰。恶魔蝙蝠紧追不舍，同时命令他的蝙蝠军团跟上，但在一片混乱中，仅仅几只蝙蝠服从了他的命令。

费迪绕着圈，不动声色地朝嘉德的藏身之地飞去。“我为你准备了一个大家伙，恶魔蝙蝠，接住！”嘉德说，他召唤了一阵风把网吹向费迪，费迪放慢了速度接住了网，故意让恶魔蝙蝠接近他。

“你比我想象的要快！”费迪戏弄着恶魔蝙蝠，然后突然把网撒在他身上，并一下子抽紧了网线，把这个邪恶的家伙困住了。嘉德飞过来帮忙，他们一起把恶魔蝙蝠拖向和雅克一行相反的方向，恶魔蝙蝠在他们身后像风筝一样。其他蝙蝠在它们首领周围来回扑腾，不知道该做什么，而小飞鼠人则用网捕捉尽可能多的蝙蝠。

“干得好，嘉德。”费迪喊道，“我们把它们从这里弄走。”他们把蝙蝠拉到更远的地方去，天空明亮了起来。

*****

当嘉德和费迪带着捕获的恶魔蝙蝠飞走时，雅克、坎达丝、戴维和芭拉正沿着小路穿过山谷。起先小路两旁是茂密的灌木，后来小路通向平坦的谷底，他们穿行在不同大小和形状的石头之间，然后到了路的分岔口。

“我们该往哪边走？”戴维问道，芭拉迅速提醒他，狼人让他们总是往左拐弯，所以他们选择了左边，一座小山丘在他们面前出现，路又朝山上而去，然后又到了一个路口。

“现在呢？”戴维问，“还是往左？”

“是的，”芭拉坚持说，“我们最好按狼人说的做。”

他们走上左边的路，但很快又沿着路回到了山脚，走着走着，他们又回到了谷底。

“我觉得我们在绕圈，”雅克说，“我们还是按自己的感觉走吧，别听狼人的愚蠢指示了。”

“这和我以前走的路不一样。”芭拉说，她看上去十分困惑。

“现在你这么说，”戴维大喊起来，“为什么不早点儿告诉我们？”

“早说晚说有什么区别？狼人说走这条路，我们应该信任他。”芭拉坚持说。

“不，我们不用去听一个被蒙面的家伙说的话。”戴维恼怒地说。他们又来到一个路口，左边的路似乎朝着他们原来的方向而去，在两座小山之间；右边的路则朝着一个新方向，对着远方的小山。

“这是正确的路。”芭拉说，再次往左拐去，自信地在前面带路。

“我认为她是对的，”雅克说，他抬头看看太阳，又看看两座小山，“这是我们要走的路。”

他跟着芭拉，戴维很不情愿地跟了上去，但很快路拐了个弯朝另一个方向而去，然后再次分岔。芭拉依旧固执地走上左边那一条。

“这不可能是正确的路。”戴维变得恼怒起来，“芭拉，你有没有想过，你正在做什么？”

“别怪我，”芭拉说，“我只是按照指示在走。”

“太蠢了！”戴维叫起来，“你没发现我们完全迷路了吗？”

“别冲她嚷嚷，”坎达丝恳求道，“这不是她的错。”

“也许就是她的错。”戴维出乎意料地说，“是她把我们带到这里，她坚持让我们绕圈圈，你们对她了解多少？也许她就是要让我们迷路。”

坎达丝不可思议地看着戴维，而芭拉哭了起来。雅克走到戴维面前，朝着他的脸狠狠打了一拳。

“你怎么能这样说？”他质问道。戴维也愤怒极了，他挥舞他的根击打雅克的腿，把他掀翻在地。雅克迅速跳起来，朝戴维扑去。两个男孩打成一团，在石头地面上翻来滚去。雅克的背包在混战中被撕开了，里面的东西散落一地。

“住手！住手！”坎达丝尖叫着，跳上跳下，挥舞手臂，不知如何是好。芭拉跑过去想拉开两个男孩，但被他们推开了。

一小群蝙蝠从他们头上飞过，它们飞近地面盘旋了一圈，又朝右边小山的方向飞走了，消失在山顶。坎达丝一直盯着它们看，突然她发现蝙蝠消失的山顶上有一块巨大的突出的石头，看上去很像一个公牛的头。她颤抖起来，对着哥哥大叫起来。

“雅克！”

她声音中流露的恐惧终于让雅克恢复了理智，他撇下了戴维，跑了过来。

“看那块岩石。”她说着，浑身发抖。

雅克扶她坐了下来。

戴维也过来了，他的情绪也平静了下来。

“那是什么？”雅克问。

“那块石头，那个公牛头，”坎达丝说，“看上去很像石塔的入口。我看见石塔里有很多像这样的石头，那是邪恶的标志。”

她目光垂落，第一次注意到散布在谷底的岩石形状也都像动物，它们是图巴吗？许多都是公牛头的形状。

在那些石头中间，还有刚刚从雅克背包里掉出来的东西，坎达丝捡起了斗篷，递给了哥哥。他迅速将斗篷塞回了背包，并开始捡其他的东西。有一样东西吸引了坎达丝的注意力，她立刻从哥哥手里夺了过来，那是她的兔子面具。她把面具狠狠摔向地面，摔得粉碎。

“你在干什么？”雅克喊道，被她突如其来的爆发吓了一跳。

“我们必须离开这里，”她说，“我太累了，这种感觉就和我被恶魔蝙蝠带往石塔时一样，这里有暗能量，它们会把我们的能量吸走。那个面具……”她又颤抖起来，“我不想再看到这样的东西，我不愿意让暗能量战胜我，我们必须与之战斗。”

雅克和戴维互相看了看，立刻都意识到刚刚暗能量侵入了他们的身体，让他们反目相向。

“哦。”戴维摇着头说，他看看芭拉，又看看雅克，“我当时没提防，很抱歉，我想是暗能量让我丧失了理智。”

“我也是。”雅克说，“我们不能让这一切再发生了，最好赶紧离开，也许我们应该回到山谷口。”

但坎达丝摇摇头，她指着有公牛头岩石的山，“你们看到那群经过这里的蝙蝠吗？”她问其他人。

两个男孩摇摇头，他们忙着打架没注意。

“我认为它们看见我们了，去报告女王了，”她说，“它们飞过那座山，说明石塔就在那个方向。柱子在我们和石塔之间，所以我们也需要走那条路。”

雅克很认可妹妹的观察能力，他和戴维打架令他很懵，大概是暗能量让他变得盲目了。

“我们让能量种子带路吧。”坎达丝说。

雅克惊呆了，他怎么忘了能量种子？

“好。”他立刻答应了。雅克从口袋里拿出一些珍贵的种子，坎达丝也拿出一把她的种子，两人齐声说：“领我们去克瑞丝塔之门吧！”

能量种子似乎有点迟疑和无力，但它们还是朝着牛头的方向飘去。朋友们跟着它们，在石头地上择路而行，不管那条小道了。

他们前进的时候，坎达丝抬头望着公牛头，在这块岩石的上面，她看见一只孤零零的鸟在盘旋，看上去像一只鹰。她从口袋里掏出两颗石头心，递给了雅克。“这些是什么？”他问。

“它们是阿拉米达和她妈妈的心。”

“你是怎么得到它们的？”雅克惊讶地问。

“野兽女王把我带到石塔，我在那里找到的。”坎达丝说。

“哇，太棒了！等我们回去，我会把它们给阿拉米达的。”雅克将石头放进自己的口袋，珍藏起来。

第十三章　石塔崩塌

野兽女王在石塔的台阶边沿上来回踱步，眺望环绕石之城的连绵山丘。远方，她看见了蝙蝠的骚动，奇怪为什么恶魔蝙蝠没有来向她报告情况。一头白狼到石塔来，请求女王接见，她有事要禀告。

“发生什么事了？”女王厉声说，“你按照我的指示做了吗？”

“是，女王。克瑞丝塔的两个孩子以及他们的朋友都进入迷宫了。”被蒙面的狼人报告，“我已经把入口封了，这样他们就出不来了。”

“啊，干得很好，非常好。”女王说，满意地抚摸着她的蛇手。

“那您能按照说好的，给我们狼群食物和药品吗？”女狼人问。

“可以，可以。等恶魔蝙蝠一回来，他就会去办这件事。”女王不耐烦地说，“现在你走吧。”

狼人溜走了，她很失望，她必须等到她的奖励。

过了一会儿，一群小蝙蝠出现了，它们在女王面前打转，其中一个飞过来用尖厉的声音向女王报告。“我的女王，”它尖利地叫道，“恶魔蝙蝠被抓走了。”

“恶魔蝙蝠被抓了？他们在哪里抓住了他？”她问。

“我不知道，我的女王。”蝙蝠说，低下了它的头，“但……”

“你不知道？”女王勃然大怒，“他不是你的主人吗？你怎么能离开他？你的忠诚去哪里了？”

“呃……和您在一起，我的女王。”蝙蝠谄媚地说，“那就是我火速赶来向您汇报的原因，那两个克瑞丝塔人和他们的伙伴已经进入迷宫了。”

“这我已经知道了。”女王生气地说。

眼看她的怒气就要上升到极点，为了和女王保持距离，蝙蝠连忙后退，但它不小心从俯瞰悬崖的台阶边沿跌落，连忙靠翅膀稳住了自己，转身飞远了，身后跟着一大群蝙蝠。

女王回去继续在台阶边沿上踱步，想着她的下一步计划。她的副手不在了，她必须亲力亲为。不要紧，她可是野兽女王，统治着野兽王国，暗能量的拥有者。没人能打败她，她会给科布和他的妻子，以及那些野孩子好好上一课，让他们终生难忘。她展开翅膀，唤来那些仍在她身边的小蝙蝠们，一起朝石城外的小山丘飞去，她直接降落在公牛头大岩石顶上，在那里等着雅克等人出现。

四个伙伴离大石头越来越近，他们看见一群蝙蝠在那里盘旋，再近一点儿，就发现女王已像一头急待捕食的巨鸟栖息在石头上。他们听见女王邪恶的笑声，戴维和芭拉立刻激活他们的灯，雅克则确保藏在外衣里的灯钥匙安然无恙。

“你好，我的小朋友们，”女王欢快地问候他们，“希望你们这趟旅途很愉快，我听说你们不太喜欢冰原，甚至摧毁了它，你们怎么能摧毁这么多可怜生物的家园呢？”

雅克站在大石头下，面对他的敌人，出奇的平静。“我们解救了那些可怜的生物，”他说，“我们也会把野兽世界里其他可怜的生物都解救的。”

“真会说大话，”女王说，“你真的认为你们能抵抗我的力量吗？”

“是的。”雅克勇敢地说，尽管此时他的胸口感到一阵灼热的疼痛，因为他太靠近她的暗能量了。

“看这个。”女王说，她拿起一根长长的金属棒，狠狠击打在公牛头岩石上，发出一声巨响，声音不断增大，最后整个山谷都回荡着这个响声。小队成员们的耳膜几乎无法承受这样的压力，纷纷捂住耳朵，蹲在地上，试着逃避这种痛苦。蝙蝠们也狂野地四处乱飞，有的甚至一头栽倒在地上。

似乎过了好久，声音才渐渐消散，女王大笑起来，将棒子高高举起，“我要再来一次吗？”她问。

“不，”雅克说，“你想要什么？”

“噢，我要的东西很多，你们的灯、灯钥匙，当然最想要的是你。”她开始在岩石上来回踱步，“得到所有这一切，只是时间问题。”

雅克站着面对女王，但坎达丝仍然坐在地上，她用心声和他沟通：“我们的力量正在流逝，这里的石头能吸取我们的能量，特别是那块大石头，我们必须离开这里。”

“别着急。”雅克同样用心声回复，但事实上他也十分焦虑。他能感受到自己的力量正在变弱，坎达丝并没有得到安慰，尽管他这样说了，但她能体会到他的感受。戴维和芭拉站在雅克和坎达丝两边摆出防御的姿势，他们没说什么，希望能支援这对双胞胎。

“你觉得你比你父亲还强吗？”女王问雅克。

这个问题让雅克既惊愕又恼怒。“我爸爸是这个世界上最强大最勇敢的人。”雅克说。这是真的，他从来没有遇到过比他爸爸更厉害的人。

“在哪个世界？”女王问，“克瑞丝塔？也许吧，但不会是这里。你知道在这个地方你父亲曾经遭遇过什么吗？”她说话的时候一直盯着雅克看，声音却比以往任何时候都要平静，“这是你父亲战斗过的地方。”

“你在说什么呀？”他恼怒地问她。

“这可是一桩旧事了，你这个无知的克瑞丝塔男孩。”她说，“你的父亲跑了。他太爱惜他那瘦骨伶仃的妻子和你这个哇哇哭的孩子了。”她指着雅克。

女王又开始踱步，但比刚才放慢了速度，“我留下来打败了公牛，获得了他的力量，但科布跑到克瑞丝塔去了。他宁愿选择你们而放弃了真正的力量，太愚蠢了。”

雅克被女王说的话震惊了，他从没想过父母过去的生活，也不记得以前在这个世界里发生过的事。一个念头从他脑海里闪过，为什么我总是被克瑞丝塔以外的世界吸引？他问自己。

突然坎达丝说话了。“我不知道过去发生了什么，但我们的爸爸在克瑞丝塔给了我们幸福的生活。你也许会喜欢克瑞丝塔。”她对野兽女王说，雅克和她眼神相遇，她本能地知道，自己的话已经直抵他的内心。

女王转身，瞪着坎达丝。“你这个可爱的小姑娘。”她柔和地说，但语调依然尖酸刻薄，“你真像你妈妈，又傻又天真，还弱小。我永远无法理解科布怎么会看上她。”

她又回过身，提高嗓门对雅克说：“那么你怎么样？你像你父亲吗？你正在找逃走的方法吧？好吧，你们找不到的，我现在抓住你们了，这个迷宫没有出口，你们得在这里玩一会儿了，尽情享受这些石头的力量吧，那可是真正的能量！”

说完这些，她又振翅飞往石塔，后面跟着一群蝙蝠。

戴维摇晃着他的根，似乎这样做能赶走野兽女王带来的黑暗能量。

“她的意思是，这里没有出口？”戴维问。

芭拉说：“关于大公牛和它那可怕的暗能量有很多古老的传说，曾经还有过一场宏大的战役，在那场战役之后，野兽女王就掌权了，而公牛被困在某个迷宫里。野兽女王逐渐接管了野兽世界，并摧毁了七座城市。我想这就是那个迷宫。”

“那只是说说的，”坎达丝勇敢地说，“总是有出口的。”

“希望你是对的。”戴维说。

“好吧，我们必须尽快找到出口，”雅克说，“来吧，让我们先离公牛头远一点儿。它正在夺取我们的能量，你们发现了吗？”

“好，”坎达丝表示同意，“我们必须离开这里。”

队伍沿山谷行进，越过大岩石，他们相信会有一条路通向克瑞丝塔大门。

“其他人到哪里了？”芭拉想知道其他人的情况，“他们会跟在我们后面迷路吗？”

“也许他们走到我们前头去了，已经在大门口了。”坎达丝满怀希望地说，“不管怎么样，我们都要继续。”

他们试着在石头之间笔直走，而不去管山谷中纵横交错的小路。最后他们到达了一片谷中空地，这个地方离出发点已经很远了，长满了茂密的灌木，就和另一边一样。但他们在灌木中找不到任何出口，没有离开山谷的方法。

“也许，这里有一个隐藏的入口，就像另一边一样。”芭拉建议他们搜索附近的大岩石，它有可能会挡着某条小路，但很不幸并没有。他们又想着从荆棘中开辟出一条路来，但狼人曾经说过，这些刺是有毒的。就这样一无所获地忙了几个小时，他们又饿又累，坐下来休息，喝了一点流经山谷的溪水，但不敢吃长在灌木丛里的浆果。幸亏克莱特斯早些时候做了一些坚果饼干，放在他们的包里，可以吃一些。

*****

当费迪和嘉德飞去捕捉恶魔蝙蝠时，克莱特斯和萨尔玛留下对付那些蒙面的野兽军团。

“我们该怎么办？”萨尔玛问，再次向克莱特斯讨主意。

“你游泳很棒是吧？”克莱特斯问。

“当然。”萨尔玛说。

“好，那些家伙中没一个喜欢游泳的，”他指出要点，对她咯咯一笑，“我们要做的就是去水边，激活我们的灯，把它们领过去！”

“德纳米！”两个人激活了灯，火花沿着两条巨大的弧线朝相反的方向飞去，形成了两个半圆作为他们的保护圈，他们很惊讶地发现，虽然水之灯和火之灯的功效是相反的，但仍然齐心协力地合作。

野兽大军看到光环在它们面前迅速移动，便放慢了脚步，一头巨大的老虎，显然是它们的头领，催促它们前进，两位星星使者跑向了大海，野兽军团跟在后面。到了海边，萨尔玛看见一排海豚在那里等着他们，后面还有几头巨大的鲸鱼。

“我知道你有计划，”她对克莱特斯说，“我听见你发出了几种信号，是你把它们叫到这里的，是吗？”

“我传信号给佐拉，我们需要他和我们一起去大门那里。”克莱特斯承认道，“佐拉提出把他的朋友带来。”

佐拉在水面上抬头向他们招手，克莱特斯和萨尔玛跃上两只海豚的背。

蒙面的野兽军团停在了水边，不仅因为水而踌躇不前，也因为海洋生物的队列正在不断扩大。章鱼、鱿鱼、黄貂鱼很快加入了鲸鱼和海豚，陆地动物在岸边来回走着，不知道该怎么办，最后，老虎招呼它们撤退，慢慢朝石塔而去。

“等在这里，我有一件事情要做。”克莱特斯告诉萨尔玛，他跳入水中，飞快游回岸上。他奔向石塔附近的石路，他曾经在那里和野兽女王对峙过。

克莱特斯站上一块高大的岩石，向费迪和嘉德招手，他们朝他飞了过来。克莱特斯指了指一个小山洞，小队曾在之前的战斗中在那里躲藏过，费迪和嘉德飞进去，将装着恶魔蝙蝠的网放进了山洞里。他们三人一起把一块巨石推过来，封住洞口，只给恶魔蝙蝠留了点呼吸的空间。恶魔蝙蝠一言不发，充满仇恨的眼睛恶狠狠地瞪着他们。

克莱特斯将费迪和嘉德带到海边，和其他人会合，准备下一步的计划。随着敌人的撤退，海豚驮着萨尔玛回到岸边，但他们仍留在附近以备不时之需。佐拉也加入岸上其他星星使者的队伍。

“他们去克瑞丝塔大门了，”萨尔玛说，“我们现在也应该往那里出发了吧？”

“是的，但首先，我们何不摧毁石塔？”克莱特斯问。其他人都被这个大胆的建议惊呆了。

他们正在交谈的时候，附近聚集起一群蒙面的动物，大部分坐在后面观望着，突然一群蒙面的小飞鼠人扑过来，对着嘉德喊：“嗨，你们在这里做什么？我们一起和野兽女王战斗吧！”

听到这个提议，其他蒙面动物——狐狸和狼、鹿和兔子、獾和负鼠都站了出来，呼应小飞鼠人：“我们一起和野兽女王战斗吧！”

有那么一瞬，每个人都目瞪口呆，他们没想到能在野兽世界的蒙面生物中找到这么多的支援。现在他们在陆地有一支军队，在海里也有一支。

克莱特斯立刻主导了这一局面：“嘉德和费迪，你们带着小飞鼠人和其他动物，去追那些蝙蝠和丑陋的穿山甲蛇。必须分散它们的注意力，这样它们才会暂时放过其他人。使用你们的灯，一听到我的口哨声，就朝克瑞丝塔大门进发。”

“明白。”嘉德和费迪一起说，他们叫小飞鼠人跟上他们，一起飞走了，自从成功逮捕恶魔蝙蝠后，他们信心十足。一队其他动物也跟随着他们，渴望加入战斗。

“佐拉，你和萨尔玛带着海豚、鲸鱼，从海里向石塔方向前进，绕到石塔背后去。萨尔玛，你可以在海里掀起风暴；佐拉，等我发出信号，你指挥鲸鱼撞击石塔朝海的基座。我们要淹没石塔，让它倒塌。”

“你呢？”萨尔玛问。

“我有话跟野兽女王说，”克莱特斯咧嘴一笑，“我们开始行动吧。”

“你会有危险吗？”萨尔玛担心地问。

“别担心，如果我掉进海里，你一定能把我捞上来。我会没事的。”克莱特斯说着，朝其他人挥了挥手，在奔赴石塔之前，给了他们一个鼓励的笑容。

在石塔的房间里，野兽女王再次踱来踱去，她只要一高兴就会搓着她的蛇手。她已经得到雅克和坎达丝了，他们永远不可能发现抵御迷宫暗能量的方法。一两天内，他们的光能量就会完全转换为暗能量，他们就在她的手心里了。同时她也抓住了两个星星使者，只要这两个克瑞丝塔人投降，对付其他星星使者可算易如反掌。

突然，克莱特斯把头伸进她的房间，借着石头的掩护，他完全没有被人察觉地爬上了石塔，因为女王的手下都忙着去对付费迪、嘉德和他们的伙伴了。

“一个人？”他用悦耳的声音问。

女王大吃一惊，她的敌人居然找上门来了。“你认为你是谁？”她的口吻冷酷而威胁十足，“我的闪电一秒钟就能杀死你。”

“是，我知道。”克莱特斯说着跳进房间里，“我只是来告诉你，我们要摧毁你的石塔，接管野兽世界。”

克莱特斯胆敢这样说话，令女王大吃一惊。她瞪着他，换了一种口吻。“你是一个聪明的家伙，”她说，“你为什么不跟着我干？你将取代恶魔蝙蝠成为我的首席助手，我会使你无比强大。”她说话的时候，几十只黑色的巨型蜘蛛从石头房间的角落里爬过来，准备袭击入侵者。

“不，我可不会那样做。”克莱特斯微笑着说。

突然，女王举起手，召唤了一道闪电。“够了！”她尖叫着，将闪电朝克莱特斯掷去。

但克莱特斯早有防备。“火，火，烧掉闪电！”他命令火之灯，同时躲过闪电，闪电掠过石塔大门时放出一团火焰。火焰将闪电引往下方，撞在石塔的一侧，就在他们脚下引发了一场大爆炸。

“光的力量战胜一切！”克莱特斯平静地对女王说，这时他走出房间，走到台阶边沿上，纵身一跃，落在下面的山坡上。他朝山下走去，回头看了一眼闪电和火焰在塔上因碰撞炸出的大洞。

佐拉和萨尔玛在朝着海那一边的塔底，他们听见爆炸声，佐拉说：“是行动的时候了。”

跟随着克莱特斯发给他们的指示，萨尔玛在海中掀起了巨浪，指挥它们朝石塔冲去，激荡的洪水猛烈地撞在岩石上，使之渐渐裂开。女王的手下四处逃散，真是混乱之极。

女王展开翅膀从石塔中飞出来，震惊之余，又怒又怕。“你们毁了我的石塔！”她大叫，不敢相信地看着石塔的崩塌，“我要杀了你们所有人，所有的克瑞丝塔人都必须死！”

看着自己心爱的塔轰然倒塌，坠入海里，她失去了控制，所有她收集来的石头心都掉进海里不见了。

“哦，不！看看那些心，我答应过要找回阿拉米达的心。”萨尔玛说，她想要立刻潜入水里寻找阿拉米达的心，但佐拉阻止了她。

“现在没时间做这些了。”他说，“稍后，我们的海洋朋友会捞起所有的心，但现在我们得走了。”

这时，克莱特斯出现在岸边，向他们挥手。佐拉和海豚朝他游去，也包括驮着萨尔玛的海豚。克莱特斯跳上一头海豚的背，然后把手拢在嘴边，发出一声响亮的口哨声。

“去大门。”他命令道，海豚便向靠近石柱那边的海域游去了。

星星使者都为他们的计划成功激动不已。而野兽女王从来没有这样暴怒过。她叫来老虎，它正领着它的军队和追随嘉德、费迪的动物们交战。除了那些危险的穿山甲蛇，两位星星使者惊讶地发现女王的野兽军团并没有和他们这一边的动物激烈交战，可能是因为它们认识到，自己只是女王的奴隶，对面也并不是什么真正的敌人，动物们用网打败了女王的野兽军团，大部分动物都躺在网里扭来扭去，被一些大石头压在网里。

“老虎！你是什么将军？”野兽女王冲它叫道，“立刻带上你的人去追那些星星使者。”她下了命令，老虎行了一个礼，然后飞奔而去执行。

“我要得到灯钥匙，”她用低沉严肃的声音说，“那些克瑞丝塔人必须为破坏我的计划而付出代价。”

她张开翅膀，飞向石头城后面的山丘，山丘和石柱正好在石头城两边。

费迪和嘉德看见野兽女王飞离了战场，但她的野兽大军似乎正在朝他们集结过来，这时，他们听见一声悠长响亮的口哨声。

“那是信号！”嘉德说，“我们必须去大门那里。”

他们指示小飞鼠人首领继续和老虎军队战斗，他和费迪则飞向了克瑞丝塔大门。

*****

被困在野兽女王的暗能量迷宫里，雅克、坎达丝、戴维和芭拉的处境越来越绝望，他们的能量正在慢慢地流逝。

“看来我们有两个选择，”雅克说，“要么回到我们来的地方，要么爬到那座陡峭的山上去。如果我们回去，就浪费太多时间了。你们觉得我们能翻过那座山吗？那样就必须靠近公牛头。”想到这里，他感到一阵寒气逼来，巨大的公牛头似乎是充斥整个山谷的暗能量的源头。

“野兽女王说，没路可走。”芭拉提醒他。

坎达丝看着天空，老鹰依然在那里，现在盘旋得更低了。他们能看出，这只巨大的鸟很可能是一个被蒙面的人。

突然她建议道：“我们能飞。”其他人都盯着她。

“对呀，为什么不飞呢？”她问，“我们有斗篷，雅克和我能使用它，我们还有翅膀能帮助它保持飞行状态。”

“也许行，但戴维和芭拉呢？”雅克问。

坎达丝吹了一声口哨，那只一直离他们不远的蒙面鹰，俯冲下来，停在她身边的岩石上。

“你好，”坎达丝说，伸手抚摸着巨鸟的羽毛，“你飞得很好，你愿意带我的两位朋友去石柱那里吗？”

蒙面鹰向坎达丝低下了头，“是的，”他说，“我知道你们拥有光能量，我很高兴帮助你们。”

其他人都再次为坎达丝能获取蒙面兽人信任而欢欣鼓舞。

雅克从背包里拿出斗篷，将它铺在地上，他和坎达丝坐了上去，两人都拿出他们的能量种子撒在斗篷上，斗篷迅速升到空中，速度快到上面的两人几乎要跌下来，但雅克和坎达丝牢牢抓住斗篷的边缘，设法让它变稳了。

雅克指示他的能量种子为斗篷领路，前往七根柱子。他和坎达丝手拉着手，全神贯注，身后的翅膀渐渐张开，让斗篷可以升得更高。巨鹰用一只爪子抓住戴维，另一只爪子抓住芭拉，然后升上天空，跟着斗篷，越过小山，朝着石柱而去。坎达丝的身体摇摇晃晃，但雅克飞起来之后，感到他的力量又回来了，他紧紧抓住坎达丝稳住她。

当看到别的星星使者也在前往柱子的路上时，双胞胎的精神一下子振奋起来，他们意识到旅程快要结束了，很快就能回家了。

第十四章　雅克的选择

费迪和嘉德是第一批到达七柱的人，因为女王和她的蝙蝠依然在监视，所以他们在附近着陆，跑完了前往大门剩下的路。没过多久，克莱特斯、佐拉、萨尔玛就加入了他们，这几个人是从海豚靠岸的地方跑过来的。

“雅克和坎达丝他们在哪里？”克莱特斯问，“我本来以为他们会率先到达，希望他们没事，也许我应该去找找他们。”

但就在这时，一阵风掀起，他们的朋友朝着他们慢慢飞来，然后降落，斗篷正好落在大门前，当雅克和坎达丝降到地面时，大家都欢呼起来。

戴维和芭拉在双胞胎之后更加优雅地落地了，老鹰轻轻地把他们放下，雅克和坎达丝也站了起来。坎达丝感谢了老鹰，老鹰则点头致意，重新飞回蓝天，在那里不断盘旋，想看看接下来会发生什么。

雅克等听说石塔崩塌了都非常高兴。“大手笔！”戴维惊呼，“但现在野兽女王在哪里？她一定勃然大怒，我不相信她会放我们走。”

“我看见她朝远处的山飞去了。”费迪说，“我不知道她会不会带来一些新的帮手和我们作战。”

“如果她真的逃跑倒好了，但我不这样认为。”雅克说，“我们最好快点儿行动。”

现在他们就要完成最后的任务了，所有的星星使者都围绕着双胞胎，默认雅克是他们的领袖。七个星星使者围成一个圈，看上去很强大，几乎是无敌的。

雅克看着聚拢在他周围的星星使者。“除非你们自愿，否则不是非去克瑞丝塔不可的。”他严肃地说，“我的灯钥匙里已经收集了你们灯里的光，应该足够拯救能量树了。”

“嗨！”其他人都异口同声地抗议了。

“我们当然要去。”戴维说。

“我们现在怎么可能离开你们？”费迪问。

“野兽女王会试图阻止你的，”克莱特斯说，“她也是我们的敌人，我们会一直和你们待在一起直到完成任务，盘算一下如何一劳永逸地打败她。”

雅克点点头，感谢他们的帮助。

“雅克，你必须小心，不要太靠近暗能量，”克莱特斯提醒他，“不能让它吞噬你，那才是灾难。”

“我知道，我的计划是这样的。”雅克说，试着不把克莱特斯的话想得太严重，他现在是作为一个领袖在说话，“大家都激活能量，尽量将门多打开点，门的另一边有一座悬崖。我们先得到达悬崖上。费迪和嘉德，你们率先飞过去，这样就能够居高临下留意四周。克莱特斯，你是一个优秀的攀登者，你可以领着其他人爬上去。坎达丝和我跟在你后面，接着是戴维和芭拉，最后是萨尔玛和佐拉，大家都和自己的搭档在一起，如果有谁陷入麻烦，就呼救。我们都到悬崖上之后，就聚在一起朝克瑞丝塔进发。”

坎达丝情不自禁微笑起来，她感到此刻离家很近了。而同样的激动之情也贯穿于雅克的心头，特别是当他念出自己故乡名字的时候。

“好，我们先激活能量。”戴维说，然后他们围成一个圈，星星使者举起他们的灯齐声高呼：“光的力量战胜一切！德纳米！”他们的灯焕发了活力，各种颜色的光向四处发射。就在那个时候，几百头蒙面兽围了过来，它们感受到团队散发出的光能量，这种能量吸引了它们，它们惊讶地欣赏眼前这一幕。

接着，大家不再围成一个圆圈，而是站成一排，这样可以将能量全部集中于大门，沉重的石门在光能量的作用下咯咯作响，缓缓打开。灯光仿佛阳光一样穿过大门，蒙面兽本能地更靠近了一点儿，想尽可能多地吸收这种能量。

小队成员们冲过大门，抬头看眼前陡峭的悬崖。

“我不确定自己能不能飞那么高。”嘉德说，但费迪拉拉他的胳膊说：“走吧！”他们一起往上飞去。半路上，他们登上一块突出的岩石，在那里休息了一会儿，又再次飞向悬崖顶。

费迪和嘉德到达山顶时，被四周的美景震惊了。在他们头顶上，天空闪耀着灿烂的光芒，远处有一片他们从没见过的美丽海洋，一片深紫色的海。他们好想要跑过去探索那个地方，但突然一阵狂风从悬崖上吹过，差点儿把他们掀翻。他们互相拉住彼此才没有被吹走，这时他们往下目睹了一个可怕的景象。

“雅克！”戴维尖叫道，“小心！”

伴随着狂风，从野兽世界大门那边追过来的正是野兽女王。她骑着一头他们从没见过的可怕野兽，那是一条长着巨大鳞片翅膀和巨爪的龙，正向山顶攀登的人喷火。首当其冲的就是克莱特斯，后面不远处是雅克和坎达丝，其他人也都随后攀爬在悬崖上。

“坐下，抓住一切能抓住的东西。”克莱特斯叫道，风都快把大家吹下悬崖了。龙笔直冲下来，嘶嘶作响，喷着火焰。克莱特斯用火之灯对准龙，灯的火光越过龙的火焰，烧到了它的鼻子，使它偏离了方向。龙又痛又气，咆哮着离开了悬崖。风在它身边盘旋，让攀登者有时间尽可能快地爬上去。

几乎一瞬间，龙再次朝他们冲来，野兽女王大声发布着命令，其他人在狂风呼啸中几乎听不见彼此的声音。

克莱特斯先到达悬崖顶，他弯下身去拉雅克，接着坎达丝也从一边爬上来了。龙又一次朝着悬崖冲过来，它转着圈，尾巴拍打在山崖上。有人发出一声尖叫，戴维惊恐地反应过来，芭拉不见了，她被龙的尾巴扫下了山。戴维连忙伸出他的根想抓住她，但他根本没看到她从哪儿坠落了。龙巨大的身体阻挡在他们之间。

小队的其他成员争先恐后地爬上山顶，龙飞得更高了，笔直对着他们。它又发射了一团火球，这次嘉德使用风之灯将火球反弹，烧到了龙的脸。它愤怒地狂吼起来，但仍然笔直地朝山顶冲去，冲向聚集在一起的小队，几乎撞到了最边上的雅克。说时迟那时快，骑在龙背上的野兽女王，俯身抓住了坎达丝。

“哈哈，漂亮的克瑞丝塔小姑娘。”女王嘲弄着她，将她的脸按到龙背上，“你来到我的世界，大肆破坏一番，毁掉我的石塔之后，你以为还能回到你爸爸妈妈身边，尽享快乐的克瑞丝塔生活吗？弄坏别人的东西，可是要付出代价的。”

“雅克，”坎达丝用心声呼唤，“救命！”

龙一圈圈地盘旋，女王命令它停在悬崖边上。山顶的小队成员围在雅克身边，他们的灯都对准女王，准备战斗。只有芭拉还在奋力重新往上爬。

“好吧，雅克，我们又回到从前的情形了。”女王说，她的声音很低，但威胁感十足，“要么把你的灯钥匙给我，要么我就把你的妹妹扔下悬崖，沉入大海，在那里她可是会成为我的怪物的美餐。”

“不，雅克，如果你照做，整个克瑞丝塔会被毁灭，求求你！”坎达丝一边抽泣着，一边用心声和雅克交流，“宁愿让她把我扔下去，也不能让她得到灯钥匙。”

雅克一时之间不确定该怎么做，他内心的暗能量开始苏醒，因为现在他离野兽女王如此之近。雅克的脸开始变黑，他的眼睛也变黑了。

正当雅克内心挣扎到极点时，坎达丝突然大声叫起来：“他根本没有灯钥匙，我才有。”

女王瞪了她一眼：“把它给我！”

“不，我永远不会让你拥有它的。”

野兽女王企图使用她的暗能量进入坎达丝的意识，但坎达丝拼命抵抗，用她所有的力量来抵御女王的攻击。

“我不会让你活下去的。”女王威胁道，“给我钥匙！”

坎达丝手里拿着什么东西，她紧紧握了一会儿，然后直视着女王的眼睛，将它扔了出去。“想要的话，自己去拿吧。”她平静地说。

女王尖叫一声，朝着那个正在下坠的闪闪发亮的东西俯冲，她用了所能达到的最快的速度，当这个东西坠入海中，她痛苦地吼起来。之后，野兽女王迅速返回，使劲将坎达丝甩入空中。

“坎达丝！”雅克看见妹妹摔下去，大声叫道。

丢失了灯钥匙的女王愤怒到极点。她瞪着海水，生怕哪条怪鱼会吞了钥匙。她使出了浑身所有的暗能量，从海里升起一股黑色的水，就像一头巨大怪兽的触手，从水面喷薄而出，抓住下坠的坎达丝，将她包裹起来。女王叫道：“我这次一定要杀死你，你会坠入漆黑的海水，你的光能量会永远消失。”她召唤出的水触手更紧地抓住坎达丝，将她完全束缚。

这一切发生得太快了，坎达丝无法挣脱，她被困在黑色的水流里，被拖入海中。雅克不假思索，跳下悬崖，一头扎入水里。

“雅克！不！”小队成员都喊起来，跑到了悬崖边。但来不及了，他消失了，被黑色的海水吞没了。

在黑色的波浪里，雅克清楚，这是他所能表现出的最大勇气：从那么高的悬崖纵身而下，跳入深谷。这是他人生中第一次表现出真诚无私的爱。他真的希望能牺牲自己拯救坎达丝，但他也知道，如果任凭此时奔流在他身边的暗能量包围他，那他所需要的完成任务的光能量将一点点被抽干。他奋力反抗，而水的巨大重量完全压在他的身上。

野兽女王搅动黑水，将坎达丝推向大海，让这个女孩困在暗能量之中。看见他的妹妹遭受这样的折磨，雅克仿佛觉得自己的生命要走到尽头，他痛苦万分，心跳也几乎停止了，他正在第二次失去坎达丝。

突然在黑暗中他看到一丝光亮，当他定睛观看时，他意识到那是坎达丝，这丝光亮来自她的掌心，她微笑着。在他的意识中，他听见她的声音：“向我敞开心扉，雅克。”

他看见她手里握着几颗能量种子，它们的光亮似乎在向他显示，他必须做些什么。他向妹妹敞开心扉，将自己所有的光能量输送给她。她挣脱了水的束缚，尽可能大地张开了翅膀，雅克看见它们已经完全长好了，这一切似乎就发生在她的一念之间。它们是纯白的，是克瑞丝塔孩子的闪烁的标记。

吸收了他们周围的暗能量，雅克将自己所有的光能量派出去形成一道保护他妹妹的墙。“坎达丝，让我们一起激活吧。”他说着，同时源源不断地将自己的光能量输送给她。

“德纳米！”她在内心呼唤，即使她仍然十分虚弱。

“德纳米。”雅克在同一瞬间呼唤起来。

他的一半身体开始转变，当他充满暗能量，而将光能量全部输送给妹妹的时候，他的身体完全变成了黑色。他变得非常有力量，非常凶猛。此刻从他身上涌现的是一种原始的、强烈的暗能量，比包围他的海水还要黑。

所有的星星使者都站在悬崖边上，雅克失控了，但坎达丝却在黑水里发出耀眼的光芒。

“看！雅克快被暗能量吞噬了，雅克，停下！别向暗能量屈服。”戴维叫道。

就在他们观看的时候，他们看见坎达丝的翅膀展开了。仿佛是一种呼应，一对巨大的黑翅膀在她的身边展开，她和雅克在水下面对面，她白得耀眼，他胜似黑墨，他们伸出手来，指尖相触，一起从水里冲出来。那一刻，他们似乎合为一体，一起转向女王，在她面前张开有力的翅膀。双胞胎盘旋在空中，一个的翅膀宛若黑夜，一个的翅膀宛若白雪。

“我将打败你。”雅克说，他指着野兽女王，聚起身上的全部力量准备进攻。

看见雅克吸取了这么多暗能量，野兽女王高兴极了，她打算继续刺激一下他，激起他更大的愤怒。“雅克，”她说，“你救不了你的世界，你是我的，你连灯钥匙都没了。”

“我能救坎达丝。”他说，“而她能救克瑞丝塔。”

野兽女王散发出她的暗能量，朝着雅克汹涌而来。他用自己的力量去吸取她的，将自己完全暴露在攻击之中。而在女王意识到这一点之前，她的力量已经被抽干，它们完全转移到雅克的体内。他感受到所有的能量向他涌来，几乎要让他爆炸。

“坎达丝，激活能量，否则你会被淹没。”雅克用心声对妹妹说。

“但是雅克，你怎么办？”

“我已经把我所有的光能量都给你了，拿去吧，当我们一起激活能量的时候，你就能完全摆脱女王的控制。”

“我拿走了你的能量，那么你怎么办？”坎达丝担忧地说。

“这是唯一能保护你不坠入海洋，不被暗能量吞噬的方法，相信我，坎达丝，你必须这样做。”雅克说。

雅克完全放弃了自己，敞开自己的身心，不抵御女王的暗能量，他尽情吸收着暗能量，吸收着女王的每一丝力量。

雅克闭上眼，大声叫道：“为了克瑞丝塔！德纳米！”

他将斗篷移到背后，让暗能量直接进入他的心脏。“来吧，暗能量。”他叫道，敞开他的心灵，让自己的身体完全变黑。他知道他必须把坎达丝送回克瑞丝塔，即使这意味着他要永远迷失于黑暗之中。这种念头充斥着他的心灵，让他无暇顾及其他。

当暗能量进入雅克身体的时候，整个克瑞丝塔都震动起来。科布在他的藏身之处，感受到儿子的痛苦，他悲伤地自言自语：“雅克，别走我的老路。”

雅克感到自己要裂开了，痛苦宛如一把刀，暗能量贯穿了他的心脏，使它越来越坚硬，越来越黑暗。他的暗能量不断扩大，他的尖叫引来了裹挟着一切黑暗的飓风，狂暴的暗能量让天空变得漆黑。

他叫得越大声，能感受到穿过他身体的能量就越多。他知道这个方法会导致他永远被隔绝于克瑞丝塔之外，但这是他唯一的出路。

他的朋友都十分烦恼，嘉德和费迪打算飞过去帮他。

“太危险了。”克莱特斯警告他们说。

“带上我。”芭拉说，“我已经在冰雪王国里奋战太久了，我现在不惧怕危险。”

他们都同意了，所以费迪和嘉德带上芭拉，飞去援助雅克。

“不！”雅克大叫，似乎是要让朋友们避开。黑色的火烧穿了他的身体，一道黑色的光束从他的身体里射出，仿佛一道巨大的影子。仿佛那里有两个雅克，一个是男孩自己，另一个是他的影子。那道影子如一颗炸弹一样投入黑色的海洋，打破了与野兽女王之间的连接，将她所有的暗能量都带入深海。

这让野兽女王感到害怕，雅克的身体粉碎了她制造的黑水触手，黑水泼溅得到处都是。嘉德、费迪和芭拉被猛烈的爆炸气流推开，朝悬崖的山壁撞去，随着一阵狂风，坎达丝在漫天风雨中飞向了天空。

看见雅克的转变，芭拉恐惧万分。“这是暗能量模式——那个影子雅克。”她颤抖着，回忆起那个禁锢她如此久的冰世界，“他打破了女王对他的禁锢。”

“他成功了，他冲破了黑水。”

只有芭拉明白现在对雅克来说，重返克瑞丝塔是不可能的了。而其他小队成员只兴高采烈地想，这下不仅能拯救克瑞丝塔，而且有希望拯救野兽世界里所有被蒙面的人。

雅克耗光了野兽女王的暗能量，女王现在手无缚鸡之力，猛地向下跌落坠入黑海。她脸色一片苍白，恐惧地尖叫着，因为她知道下面有无数可怕的怪物，既有蒙面的又有未蒙面的，都在那片海里。

她最后一次狂怒地看了一眼雅克和坎达丝，然后从海面消失了，她在下沉的过程中不断撕咬抓打着身边的怪物。

雅克好像要追上去，但芭拉阻止了他。“让她走吧，”她说，“她现在什么都做不了了。”

雅克停下了。

坎达丝的翅膀拍打着，它们现在已经完全长好了，雅克可以从他妹妹的心里感受到一种明亮的光在燃烧。他知道妹妹已经完全解冻了，她那甜美的香味也重新回来了，她拥抱了朋友们，终于获得了内心的平静。一小群能量种子盘旋在她的周围，闪烁着。

雅克内心无比狂喜，他意识到自己的妹妹真正归来了，他感到身后有什么东西在动，原来是他自己的翅膀，他那黑色的翅膀。目光越过肩膀，他发现它们现在变得巨大无比。

天空明亮起来，蔚蓝一片。费迪和嘉德跑过去和双胞胎站在一起。

“你们两个发生了什么？”费迪问，他看见雅克的整个身体都变黑了。

“这就是父亲一直期望的，”坎达丝说，“我们一起激活能量。现在，当雅克的暗能量和我的光能量碰撞在一起，就凝聚成有史以来最强大的力量，这股力量在我们中间蔓延开来，我从中看到了彩虹的所有颜色。”

“我不能再回到克瑞丝塔了。”雅克平静地说，“坎达丝会带着你们去救克瑞丝塔人，而我只有在重新获得光能量之后才能重返我的故乡。”他还不知道自己能用吸收来的暗能量做些什么，但他知道不能把它们带入克瑞丝塔。

“你要去哪里？”芭拉问。

“我不能一个人回去！”坎达丝哭了。

雅克将妹妹的手放进费迪的掌心。

“费迪，请帮助我们完成这个任务，我不能带暗能量进克瑞丝塔。”然后他又转向嘉德，补充道：“你一直都是我们最忠诚的朋友，等我发现重返故乡的方法，我们会重逢的。”

雅克把灯钥匙递给了坎达丝，坎达丝抽泣着，但最后还是从他的手里接过了灯钥匙。

“紧紧握住，”他说，“为了让我们的人获救，我已经放弃这么多了，最重要的是，你必须安全回家。”

“雅克，你得跟我一起走。”她低声说。

“我很想履行我对阿拉米达的诺言，将她的石头心带给她。我觉得现在正是时候了，但我保证，就像我和爸妈保证的那样，我一定会回来的。”

坎达丝泪如泉涌，“我必须走了。”雅克告诉她，“但我们永远都会心灵相通，坎达丝。”在踏上行程之前，雅克再次拥抱了她。

“现在，该是我去看看野兽世界所有蒙面和未蒙面的家伙了。”雅克说，他难过地露出一个微笑，转身走向大海，渐渐消失在众人的视线中。

*****

芭拉、嘉德、费迪和坎达丝走向其他小队成员。

坎达丝转过身去，让大家看她的翅膀，现在它们十分强壮，已经完全长成了。

“现在一切准备就绪。”戴维说，“但雅克去哪里了？”

坎达丝告诉他们哥哥的新任务。

“坎达丝，你朝海里扔了什么，让女王相信你扔的是灯钥匙？”戴维问。

“一把金钥匙，我在冰雪城捡到的。”她说，“没什么价值，但恰恰十分有用。”

“你真是足智多谋。”芭拉说，咧嘴一笑，“看来财宝只对那些懂得放手的人来说有用。”

“你的翅膀怎么会正好在那个时候长大？”萨尔玛问。

坎达丝解释道：“是雅克的光能量，它们在我心中被提炼和净化，当克瑞丝塔人真正长大，翅膀就会变大。”

坎达丝知道这一切是如何发生的，因为雅克真正爱她，牺牲自己去救她，但她没有告诉大家这些。

克莱特斯从悬崖上俯瞰了一圈，想看看野兽女王的下场，但她杳无踪迹，不知道到底是死了，还是暂时逃过了难关。

“我们最好动作快一点儿。”他警告其他人，他们马上集合到一起。

“我们必须越过水晶海，”他说，“最好的办法就是飞，费迪，你能带上佐拉吗？”

费迪点点头，保证他可以做到。

“嘉德，你带上萨尔玛，她很轻。坎达丝带我一起飞。戴维，你和芭拉使用斗篷，抓紧点儿。嘉德，你能制造一阵风来支撑我们吗？”

嘉德拿出他的灯，招来一阵强大但却温和的风往海的方向吹去。嘉德把斗篷放在地上，戴维和芭拉坐上去，坎达丝撒上能量种子，告诉他们目标是能量树。斗篷倾斜着飞上去，其他人都跟着升到空中。

在嘉德风之灯的协助下，小队飞越了闪亮的紫色海域，不一会儿，他们就看到了克瑞丝塔白色的建筑和一排排的帐篷。一阵不可思议的喜悦油然而生，虽然他们仍深深为雅克担忧。

这群人直接飞到城市中央的大树上，它依然是黑色的，毫无生气。他们一刻不耽误地降落了。坎达丝让其他七位星星使者和她一起站成一个圈，将大树围在中间。星星使者们举起他们的灯，集中精力召唤出他们最强的力量。坎达丝拿出完整的灯钥匙，当他们一起激活能量时，一股巨大明亮的光束射向能量树的顶端，立刻点亮了它，当光从顶部流向底部时，这棵树开始闪烁，发出七色之光。

星星使者们满怀敬意地望着能量树，但坎达丝则望着水晶海，想念着她的哥哥。几乎同时，他们看见虚弱的克瑞丝塔人从海中站了起来，展开了他们的翅膀，朝能量树飞来。当克瑞丝塔人飞到树顶时，星星使者们后退了一步。克瑞丝塔人一个接着一个激活能量，男人和女人，年轻人和老人。一些人还带着小孩子。

“爸爸！妈妈！”坎达丝叫出声，在人群中认出她的父母。科布和艾来到他们的女儿身边，将她搂进怀里。他们站在一起，互相拥抱，又哭又笑。

“你的翅膀终于长好了。”艾说着紧紧抱着坎达丝。

“我们失去了雅克。”坎达丝低声说。

“不，我相信他一定会回来。”科布说。

星星使者们都望着坎达丝，坎达丝依次把他们介绍给自己的父母。七位星星使者看上去都充满力量，和他们的灯一起散发着明亮的光芒。

“我曾希望你们能装满灯钥匙，但从没想到你们能把七位星星使者一起带回来。”科布惊喜地说。

“我们很乐意帮忙。”克莱特斯说，其他人也纷纷响应他，“但是，我们的工作还没结束，女王是我们的敌人，我们需要确保把她打败，拯救野兽世界里所有被她蒙面的人。”

科布点点头：“这是肯定的，我们也一定会帮助雅克。”

当白昼转为黄昏，头顶上的星星开始闪烁时，气氛活跃起来。克瑞丝塔的王飞越天空，在城门附近停住。远处，号角吹响了。